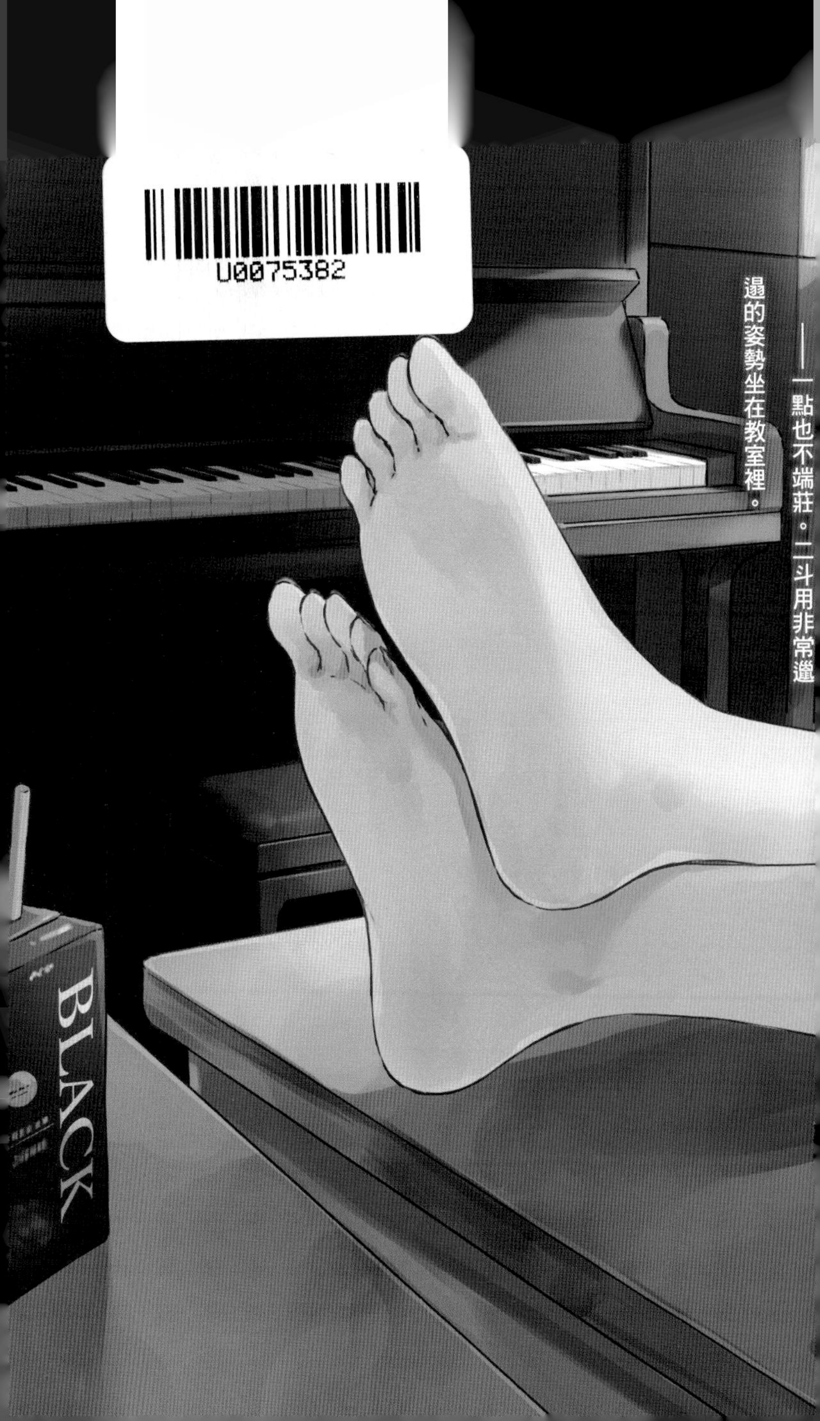
——一點也不端莊。二斗用非常邋遢的姿勢坐在教室裡。
BLACK

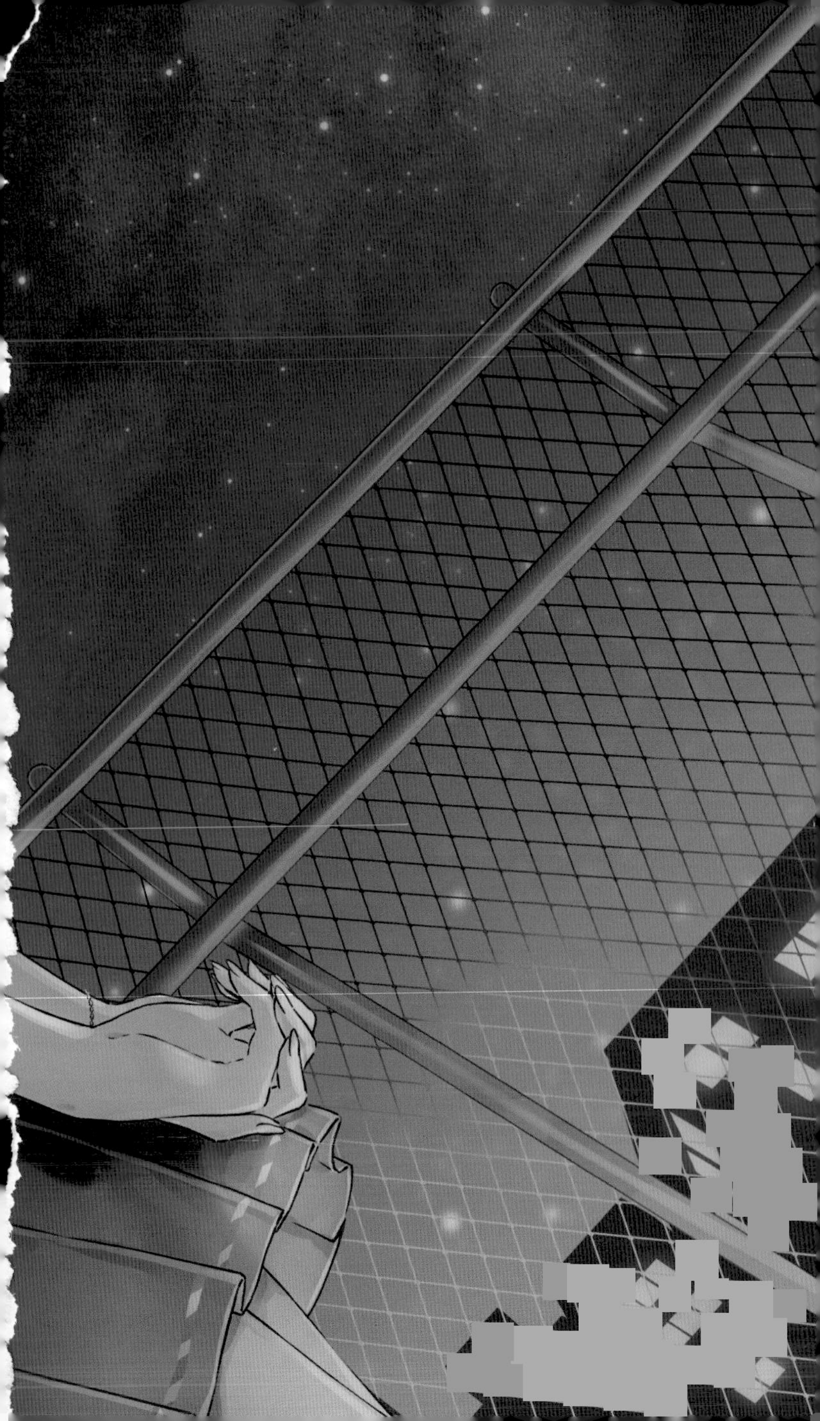

明日，裸足前來。1

Tomorrow, when spring comes.

岬　鷺宮　illustration§Hiten

Kadokawa Fantastic Novels

序章 | prologue

【一千零一秒故事】

彷彿能聽見時間緩緩流動的放學後。

高一那年春天，雨停的午後時分，我和她在狹小的社團教室中獨處。

「欸，假如過了十年以後——」

二斗忽然想到似的這麼問。

「我們早就高中畢業，不管上不上大學，有沒有工作，完全變成大人的時候——」

她抬起頭看著我。

此時她正彎下身子，調整手機和三腳架的角度。

「我應該會緬懷跟巡在社團教室度過的這些時光吧。感慨我也經歷過這種時期，這就是青春之類的。」

「……幹嘛忽然說這些？」

「不知道，但我有這種預感。」

二斗的視線從手邊轉移到我身上，笑了起來。

「而且我的預感都很準。」

「是喔，那我得把現在說的話記到十年後才行……」

「嗯，拜託你了，因為我應該會忘記。」

——的確，二斗可能會忘得一乾二淨。

她剛剛那句話大概也只是隨口一說，或許沒有太深的意涵或意圖。

但對現在的我來說是特別的。我認為這句話對我意義重大，過了十年或二十年後可能也無法忘記。

「……好，準備完畢。」

二斗點了頭，在鋼琴前面坐下。

她試著讓手指在琴鍵上躍動，演奏出不可思議的旋律。

「那不好意思，我要拍了，麻煩你安靜一下。」

「……喔。」

「……嗯～～？怎麼了？」

二斗盯著我的臉，手指還放在琴鍵上。

「巡，你今天好像怪怪的？」

她百思不解地歪著頭，那毫無迷惘的眼神貫穿了我。

「該說是在發呆，還是反應很遲鈍？」

今天的我確實不對勁。手上的遊戲機顯示著第一人稱射擊遊戲，從剛剛我就連吞了好幾場慘敗，也沒辦法即時回應二斗的話。

全部——都要怪眼前這一幕。

她的身影帶著些許暖色調，水藍色指甲油在赤裸的腳上特別亮眼。

指尖彈奏的音階、在夕陽下閃爍的空氣塵埃、十年後不確定的未來。

身處這幅景象中的我在情感滿溢而出的前一秒，沒忍住翻湧而上的那股情緒。

「……二斗，我喜歡妳。」

回過神時，我脫口說出了這句話。

「可以和我交往嗎……」

手機應該正在錄影，拍得清清楚楚，但我還是停不下來。

二斗沉默了一會，隨後輕笑出聲。

「咦～～你居然在這種時候說這種話……？」

「……也是，對不起。」

「照理來說應該要更鄭重一點吧……」

確實進展得太快了，如果能設想得更周到就好了。

說起來，這麼衝動的告白可能會給她帶來困擾。

不安的情緒以猛烈的速度擴散開來，大腦ＣＰＵ全被後悔占據。

失敗了，要被甩了……正當我咬緊下脣，如此心想時——

「……請多多指教。」

二斗這麼說。

「如果你不嫌棄……就請你多多指教。」

仔細一看——擦了指甲油的腳趾頭整齊地踏在地板上。

翻湧著無數光點的那雙眼眸正直盯著我。

「……真的嗎？」

「嗯。」

「沒在開玩笑？」

「怎麼可能。」

「跟我嗎？」

「不然還有誰啦……」

說完，她露出靦腆的笑容。

「我要跟你交往呀。」

——我發出歡呼。

我差點樂得手舞足蹈，並一把握住她的手。

「好像在作夢喔，謝謝妳！」

「咦～你這麼開心啊……？」

「那當然！因為妳要當我女朋友吧！」

「……嗯，我要當你的女朋友。啊～～實際說出口真是羞死人了……」

二斗把手放在羞紅的臉蛋上，有點含蓄地看著我。

隨後她像在斟酌字句，吞吞吐吐地說：

「……以後也請你多多指教。」

她的表情——讓我充滿確信。不是預感，而是確信。

往後的每一天一定都會很快樂，前方有許多喜悅與幸福等著我們。

一切由此開始。今日此處，就是我和二斗高中三年的起點。

回過神來，我已經大喊出聲。

「我們一定——會很幸福吧！」

然後——

Tomorrow,when spring comes.

明日，裸足前來。

#HADAKOI

第一話 chapter1

【Rewrite right treatment】

三年轉瞬即逝，高中生活落幕了。畢業典禮也結束的此刻，我在正門附近的長椅上回想入學典禮那天的事。

「真沒意思……」

空氣中隱約能嗅到嬌豔的香氣，中午時分的和煦日光輕柔撫觸著制服。

映入眼簾的是在春風中飛舞的無數櫻花花瓣。

淡粉色的花瓣在空中翻騰打轉，像生物一樣隨風飄盪。

這種配色讓畢業生們的黑色制服更加顯眼，四周瀰漫著電影最後一幕與高采烈的氣息。

我記得三年前的入學典禮那天，校舍也像這樣充滿粉櫻色和黑色的強烈對比。

「感覺很像一部精彩的漫畫呢。」

我對一旁的真琴這麼說。

「第一話跟最後一話的場景重複了，這可能是我這段高中生活的唯一救贖。」

「除此之外的部分都扔進水溝裡了就是。」

不知為何，望著景色的真琴笑得非常愉快。

「不論是活動還是高中生會做的事，全都扔得一乾二淨。」

真琴晃著一頭金色短髮，用壞心眼的表情看著我。

身材嬌小，把制服穿得很有品味。

整身裝扮都違反校規，卻意外地適合她那成熟的臉蛋。

「唉……算是吧。」

「不過，跟巡學長一起浪費青春的感覺也不錯啊。」

「嗯～～……」

真琴再次笑道，我卻變得更加消沉。

我本想過得更有意義，無論是課業、社團、友情……還是愛情。我很想在這些方面下足苦心，盡情享受高中這段黃金時期。

但實際上就如真琴所說，在她考進這間高中前的那一年加上之後的兩年，我從來無法專注於某件事，也無法在關鍵時刻付出全力，過得渾渾噩噩。

成績慘不忍睹，朋友也少得可憐，幾乎沒有值得驕傲的回憶。

與生俱來的拖延症讓我從小到大一直吃虧，但這是我自作自受，也沒資格抱怨。

「我本來想把這三年過得更閃亮又充實啊……」

「我知道你很憧憬啦，但這種事不是人人都辦得到。」

「只有少數人可以……」

雖然是老生常談了，我還是覺得「能努力」也是一種才能。有能力的人就辦得到，沒能力的人就辦不到，這種差異會受後天因素影響，但最重要的部分還是取決於先天因素。

主張這種說法當然無濟於事，也不能當作不努力的藉口，不過事實就是如此。而我正是沒有才能的那種人。

「厲害的人真的很厲害啊……」

「是啊，跟我們是不同級別。」

「居然可以永無止盡地不停努力。」

「為什麼能做到這種事呢？」

我們一搭一唱，此刻腦海中想到的一定是同一個「女孩子」。

我跟真琴都加入了天文同好會，那個女孩就是另一個成員。

——二斗。

——二斗千華。

她這三年過得比任何人都要轟轟烈烈，轉眼間就取得了成功。

如今她早已遠離我們的生活，去到遙不可及的彼方。

今天她沒出席畢業典禮，一定是因為忙於「工作」，連參加這種活動的時間都沒有吧。

這也難怪，她現在好像已經搬離老家，住在都心區的宿舍裡，只能趁工作空檔來上學。

在網路上看到的訪談影片中，她是這麼說的。

回想起來，我跟她第一次見面也是入學典禮那一天，而且是在這正門附近……

——哇啊，抱歉！櫻花飄得太誇張了，害我看不到前面……

——你好，我叫二斗千華。

忽然間——我彷彿聽見她的聲音。

跟那天一模一樣的台詞，她那悅耳又輕柔的嗓音——

可是這一切——

「二斗學姊的影片播放次數已經超過兩億了。」

——在真琴的低喃聲中消失無蹤。

「……是喔～」

「她也在今年的紅白候補名單上喔。」

「真的假的，居然到了這種等級。」

「海外表演好像也敲定了。」

「天啊～～……」

我傻傻地附和真琴的話，並試著回想二斗的長相。

笑著的她；生氣的她；泫然欲泣的她。

那多采多姿的表情，我應該在放學後的社團教室裡仔細看過好幾次。

但我怎麼想都想不起來。

——巡。

——坂本巡。

——哇，你的名字很好聽耶。

反而又覺得在風中聽見了她的聲音。

*

「掰啦，這兩年很感謝妳。」

「不會不會～～而且感覺以後還會跟學長糾纏不清。」

「對啊～～搞不好上大學後會變成同學喔。」

「學長也有可能變成我的學弟吧。」

「我可不想……」

我在正門前和送我出來的真琴最後互損了幾句。

從今年春天開始，我就是重考生了。

沒有認真準備學測的結果，就是從第一志願到最後的保底學校統統落榜，這也是我自作自受。但要是重考兩年，變成真琴的學弟，那就真的太慘了，本來所剩不多的自尊心會徹底消滅……

「……唉……」

嘆氣的同時，有一陣風吹拂而過。

花瓣遮蔽了我的視線，再度傳來令人懷念的香氣。

「你在想二斗學姊吧？」

真琴完全猜中了我的心思。

「……是啊。」

「真沒出息～～一直放不下前女友。」

「當然會放不下啊。」

「也是啦，對方這麼優秀，這也不能怪你。」

真琴說得沒錯，我跟二斗曾交往過一段時間，也就是世人所說的前男女朋友關係。

現在想想……我應該是一見鍾情吧。入學典禮那天，在這正門附近偶然被她搭話的我，瞬間就墜入了情網。沒過多久，我便抱著寧為玉碎的覺悟跟她告白。

她的長髮、燦爛如花的笑靨、彷彿帶有旋律的腳步聲以及水藍色指甲油，至今仍深深烙印在我的腦海。

「好啦，趕快忘了她，繼續往前走吧。」

真琴這麼說，難得露出溫柔的笑容。

「對方是學校裡的風雲人物，現在還是舉國皆知的音樂家，她跟我們所在的世界本來就不一樣。」

「……說得也是。」

如真琴所說，對我而言，二斗這個女朋友太過優異。

自己說這種話也很可悲，但整體來講，我算是略低於平均值的普通男子。

長相普通，性格和能力也普通，帶點阿宅氣質的感覺在我們這個世代也算是標準配備，所以我不太明白當時廣受男生歡迎的二斗為什麼會和我交往。追求她的男生明明多不勝數，她為什麼會選我呢？

「唉……」

我嘆了口氣，並抬頭仰望校舍。

如果還要用漫畫比喻，我的高中三年也差不多來到尾聲了。

直到最後的最後，都要用後悔畫下句點嗎？我的高中生活到底算什麼……

「……嗯？」

身旁的真琴看了看四周，疑惑地說：

「怎麼覺得其他人怪怪的？」

「……真的耶。」

被她這麼一說，我也將視線轉向周遭。

剛剛那些畢業生和在校生還在開心談笑，到處拍照和錄影。

此刻他們卻神情不安，有些躁動。

有人緊盯著手機螢幕，有人似乎在傳訊息，手指飛快地在螢幕上敲來敲去，還有人你一言我一語地說著「天啊，真的假的？」「但最近的確都沒看到人。」這些話……

怎麼回事，發生什麼大事了嗎？但願不是災害這種可怕的事。

「……不會吧！為什麼！」

畢業生當中忽然傳出這聲大喊。

我循聲望去——只見一個打扮華麗的嬌小女學生雙脣在發抖。

我對她有印象，應該是二斗的兒時玩伴——

「二十日以後？那不是一個星期前嗎！我完全不知情！」

她這句話成了引爆點，不安的情緒立刻擴散開來。

周遭的議論聲越來越吵雜。

「搞什麼，怎麼回事啊……」

「……學長。」

我百思不解。正在看手機的真琴用僵硬的口氣說：

「你看這個……」

說完，她將手機螢幕轉向我。

我帶著疑惑的心情看向手機上顯示的新聞網頁。

【快訊】歌手nito留下遺書失蹤？

27日正午，歌手nｉｔｏ（18）隸屬的經紀公司INTEGRATE MAG證實與她失聯。

根據公司發布的新聞稿，20日於都內結束彩排行程後就聯繫不上nｉｔｏ，去她獨居的家中找人時，發現了疑似要給親友的信。

公司已經提出搜索申請，警方目前正在努力搜尋nｉｔｏ的行蹤。

nｉｔｏ

高中一年級時將自彈自唱的影片上傳至影音平台後引發話題，進而出道的創作型歌手。

深受年輕世代歡迎，難以捉摸的存在感具備極大的影響力。

不僅國內，新歌在海外也獲得高度評價，已確定會在美國、英國及中國舉辦演出。

「……啊？」

——我不能理解。

我看得懂新聞內容，也知道新聞在表達什麼。

可是——我沒辦法接受這個現實。

二斗失蹤了。

整整一週聯絡不到人。

家裡還有遺書——

「總、總之，我先打給她看看。」

真琴用緊張的語氣這麼說，開始用手指點按螢幕。

從微微顫抖的指尖能看出她不似平常，十分無措。

「那個，就是，可能是新聞誤報……」

真琴找到二斗的電話後按下通話鍵。

她將手機貼在耳邊等了一會。

「……不行，沒人接。」

她抬頭用求助的眼神看著我。

「怎麼辦，我們該怎麼辦……」

我甚至無法回答。

閃過腦海的全是我與她的回憶。

總是笑口常開的二斗；努力不懈的二斗；親和力十足卻有些懶散，在適合這些個人魅力的舞台上持續前進的二斗。

——好期待高中生活喔。

——這三年要請你多多指教嘍，巡同學。

腦海中響起了她的聲音。

「……學長？你要去哪裡！」

我不知不覺邁出腳步。

我的腳自然而然地往「那個地方」前進。

現在或許不是做這種事的時候，去了那裡也毫無意義，可是不知為何——我無法停下腳步。

哪怕只有一點點，我想感受二斗的存在——

「欸，學長！等等我啊！」

真琴不知所措地追了上來，我沒回應她，繼續茫然地往校舍走——

＊

最後我在天文同好會的社團教室前停了下來。

我常跟二斗和真琴在這間小小的教室裡消磨時間。

門竟然粗心大意地沒上鎖，於是我搖搖晃晃地走進教室。

真琴也跟在後頭。

「……學長。」

「為什麼……」

我覺得全身失去力氣。

無法回應真琴的關心，癱軟地坐到旁邊的椅子上。

「怎麼會失蹤啊……」

我不敢相信。

「而且還留下了遺書……」

到現在我都覺得記憶中的她和報導內容有極大出入。

我跟她在這間教室度過了許多時光。

我抬頭望向四周。

排列整齊的學校備品、礦石資料，還有東西德統一前的世界地圖。

壞掉的收音機、滿是塗鴉的書桌、布滿塵埃的石膏胸像。

這裡雖然是天文同好會的社團教室，更主要的用途其實是「廢棄物堆置場」。許多老舊物品都被安置在充滿霉味的空氣中，天文同好會的備品頂多只有望遠鏡和星象盤。

還有——鋼琴。

放在教室角落的直立式鋼琴。

我的視線自然而然被吸引過去。

在活動初期，二斗會用那台鋼琴作曲，拍攝自彈自唱的影片上傳到網路。時至今日——那台鋼琴就像她的一部分，甚至像是她褪下的空殼。

「……學長。」

真琴用憐憫的語氣喊了我一聲。

「你先冷靜下來，要不要去買個飲料給你？」

「不，不用了……」

我根本不想喝東西。

我能不能做點什麼？——這個念頭頓時閃過腦海，但我立刻改變主意，心想「怎麼可能會有」。警方都已經出動了，我多管閒事只會造成麻煩。

所以我想至少在這個地方——努力回想二斗的一切。

那傢伙的臉、說過的話、一起度過的時光。

理應烙印在腦海中的景象、理應反覆聽過無數次的歌聲。

這應該不難，畢竟我跟她兩人獨處時總會心想「我應該一輩子都不會忘記這個畫面」。

可是……

「……奇怪？」

——模糊不清。

在我心中——與她共度的回憶正在慢慢淡去。

「我想不起來……」

我努力摸索回憶，但真的想不起來。

時光飛逝，從交往第一天算起已經過了三年，感情變淡後也將近兩年。經過這些時間，我和二斗相處的每一天開始變成了「過往」。

「不會吧，我怎麼會忘……對了。」

我靈機一動，拚命移動到鋼琴前。

打開琴蓋，將手伸向略髒的鍵盤。

然後——

「……學長。」

——我開始慢慢摸索二斗的歌曲旋律。

我幾乎沒彈過鋼琴，對音樂也一竅不通。

儘管如此——我還是逐步用音階摸索著二斗唱過的旋律。

不這麼做的話，好像就會消失。

她的存在會跟我的記憶一樣慢慢消失。

儘管彈錯好幾次，我還是繼續用鋼琴追尋她的歌曲。起初不太順利，後來慢慢成形。

「……你居然還記得。」

真琴在一旁露出苦澀的笑。

「我都快忘記這首歌了。」

「這是我最喜歡的歌。」

我將手指顫顫巍巍地放在琴鍵上並回答。

「我一直記在腦海裡。」

我是為了安慰自己，試著說出這種話，但到頭來我還是完全不懂吧。

我肯定根本不了解二斗。

我不認為她有一天會像這樣被逼上絕路、消失無蹤，也不曾在她身上感受到那種氣息，深信她跟那種悲劇八竿子打不著。

如果我能早點察覺。

如果我能更理解二斗，未來是否會改變？

我是不是就能減輕二斗的痛苦——

「……你還是喜歡她吧。」

不知為何，真琴語帶放棄地這麼說。

「你現在還喜歡二斗學姊。」

「……是啊，沒錯。」

我篤定地對真琴點點頭。

「應該是這樣沒錯。」

然後——我彈完了那段旋律。

我對真琴說出真心話——

「我現在還是對二斗——」

——這一瞬間。

「光線」籠罩住我的視野。

「……嗯？」

忽然出現一道刺眼的閃光。

亮白色的閃光讓我反射性地閉上眼。

幾秒後，烙印在視網膜的那道光消失無蹤，我戰戰兢兢地睜開眼。

「……咦？」

——我飄浮在一片黑暗中。

方才的景象全都消失，我飄浮在一個無邊無際的漆黑空間裡。

完全感受不到重力和冷熱，感覺一切歸零。

仔細一看，我身邊圍繞著幾個光點。

那些眩目的光點速度和大小都不同，彷彿公轉的行星。

「這是什麼……」

光點不顧疑惑的我，緩緩提升轉速。

不斷打轉的光點在我身邊高速旋轉——接著有道粉色的光芒覆蓋我的視野。

「這是……」

眼前的景色讓我莫名懷念，我完全不知道發生了什麼事。
但不知怎地，這片景象讓我感到心平氣和——
過了幾秒——我才發現……
——這是櫻花。
似乎有大量櫻花花瓣在空中飛舞。
回過神才察覺周遭瀰漫著令人喘不過氣的花香。
感受到和暖的春風撫過肌膚。
然後——有某個東西忽然撞上胸口。

「——哇啊，抱歉！」

有個聲音這麼說。
「櫻花飄得太誇張了，害我看不到前面……」
——那個聲音十分熟悉。

過去總陪在我身邊，讓我無比珍惜的某人的聲音。

此刻風停了，滿天紛飛的櫻花也漸趨和緩。

找回重力的花瓣輕飄飄地落在腳邊，視野頓時變得遼闊——

我眼前——有個女孩子。

她用手壓著一頭黑長髮，開朗又標致的臉蛋露出笑容。

挺直的背脊、纖細的手指、擦得亮晶晶的皮鞋鞋尖。

「——你好，我叫二斗千華。」

她對我這麼說。

「你也是一年級吧？」

亮麗如漆的黑髮、清純卻好奇心旺盛的眼眸、陶瓷般的鼻梁，還有色澤明亮的薄唇——

——是二斗。

我不可能認錯。

眼前這個人——真的是二斗千華。

「……啊？」

我不禁望向四周。

這才發現，我——我們正站在正門旁。

公立學校布滿青苔的獨特老舊大門，旁邊是沒什麼特色的車輛迴轉區。對面能看見創立五十年的本校——天沼高中的校舍入口，以及同樣運作資歷五十年的噴水池。

周遭聚集了許多穿著同樣制服的學生，旁邊還有看似監護人的大人們陪著。

四周充滿歡樂的喧鬧聲，也飄盪著宛如祭典的亢奮感——

我看過這個畫面。

是入學典禮。

三年前，我和二斗初遇的開學日——

「……欸。」

AN

眼前的二斗一臉狐疑地盯著我的臉。

「你怎麼在發呆……？」

「啊、啊啊……」

我稍微清了喉嚨，帶著依舊莫名其妙的心情回答：

「我是一年級，名字是、坂本巡……」

說完，我才發現自己三年前也說過完全一樣的台詞。

沒錯，那個時候，入學典禮那天，我跟二斗在滿天飛舞的櫻花中撞上彼此。

那就是一切的開端——

「巡，坂本巡。」

二斗吟味般反覆唸著我的名字。

「哇，你的名字很好聽耶。」

二斗笑著說。

看到她的表情——我才終於理解。

——是幻覺。

這只是我因為二斗失蹤，大受打擊而看到的幻覺。

證據就是——全都跟三年前一模一樣。

不管是眼前的景象、二斗說的話，還是她腳上的皮鞋硬度。

全都重現了三年前的畫面。

仔細一看，二斗給人的感覺比最近的她樸素。她在高中這三年一下子變得很時髦，但目前在我眼前的她是一年級，是尚未擺脫國中生氣質的二斗。

我也完全變回當時的模樣。

頭髮剪太短，導致頭頂涼颼颼，還拿著新書包，制服也硬梆梆的，尺寸有點大。我記得當時預期之後會長高，買了較大的尺寸。

也就是說——這是幻覺。我重現了記憶中最美好的部分，避免自己受到太大的打擊——

「這樣啊～～原來如此……」

明白這一點後，心情就平復不少。

既然是幻覺，二斗會出現在眼前也很正常。我剛剛一時間沒釐清狀況，理解後就簡單多了。

不過這場幻覺的解析度還真高，周遭的每位學生也都確實回到了三年前的狀態，還看見調職後被我忘得一乾二淨的老師。

不過應該也會有這種狀況吧。別看我這樣，搞不好我其實有「超強記憶力」。

「——千華～～！」

「來了～～」

某處傳來呼喚二斗的聲音，她開口回應。

「抱歉，我該走了。」

「嗯，這樣啊。」

「好期待高中生活喔。這三年要請你多多指教嘍，巡同學。」

二斗只留下這句話後對我揮揮手，往聲音傳來的方向跑去。

我也想起來了。

啊啊，沒錯——她那揮手的動作。

還有輕盈的步伐，讓我瞬間墜入了情網——

＊

「——但這場幻覺太長了吧！」

之後的入學典禮和班上的新生訓練也結束了。

終於解脫後，我走在走廊上自言自語。

起初我還覺得這場幻覺很棒，畢竟能再次見到二斗，還能想起當時的回憶。

拜此所賜，嗯，我的心情平復下來了。回到現實後，應該可以比之前更冷靜地行動。

可是──幻覺開始後，體感已經過了大概三個小時。

怎麼回事？人會看到這麼長的幻覺嗎？難道我在現實世界昏倒了？

而且……

「這一切都太真實了吧，根本就是現實……」

感覺太過真實。

這幻覺的細節都無比清晰。

這就是5K的解析度嗎？照理來說，幻覺中有很多部分都會模糊不清吧？

因為太寫實了，我也試著為現實中的失敗一雪前恥，比如在班上自我介紹的時候。三年前我為了搞笑而大冷場，結果高中生活剛開始就無法融入班上，所以我在這場幻覺中做了安全的自我介紹。

我還想起之後會忘記把要請爸媽填寫的資料帶回去，被班導罵得狗血淋頭，所以將資料確實收進了書包。

如此一來，幻覺中的我在新生活起步時能比現實順利許多吧，祝我日後好運連連。

相對地，我也再次對現實有了新的認知。

「二斗……果然很厲害。」

跟我同班的二斗跟現實一樣，發揮了「超級女主角」的本領。

入學考試的成績居冠，入學典禮還以新生代表的身分致詞。

在班上也馬上被任命為班級幹部，第一天就態度坦然地跟同學們打招呼。

跟同學相處時一視同仁，長相又漂亮，所以虜獲了眾多男生的目光，老師也明顯十分信任她。

「是啊，那傢伙從一開始就是那樣……」

這種懷念的感覺讓我不禁如此低喃。

這時候二斗還沒成為ｎｉｔｏ，還會在我身邊開懷大笑。

明明這是第二次，早就已經預習過了，我還是覺得她耀眼至極。

我久違地想起這些事。

不過，差不多該看見她不太一樣的「那一面」了。

「我記得……那傢伙現在應該在這裡吧。」

我在某間教室前停下腳步，輕聲嘀咕。

——天文同好會社團教室。

入學典禮那天，我在現實中也是在這裡再次遇見她。

對天文學有興趣，夢想未來能成為學者的我，為了充實地度過高中時期，我打算加入天文同好會。

結果在這間社團教室——意外遇見了二斗。

「……好。」

我在心中稍稍為自己打氣。

將手放上門把後用力打開。

然後——

「……咦？」

二斗果然在裡面。

她坐在這間老舊教室中擺放著的椅子上。

那頭亮麗黑髮讓我剛剛在班上看呆好幾次。

放學後的陽光彷彿在她白皙的臉頰和圓滾滾的眼睛裡漫射開來。

只是——她的姿勢跟在班上的形象截然不同。

首先，她把室內鞋和襪子全脫了。

而且把光溜溜的腳交疊在一起，堂而皇之地放在對面的書桌上。

導致裙子底下的短褲全露在外面。

——一點也不端莊。二斗用非常邋遢的姿勢坐在教室裡。

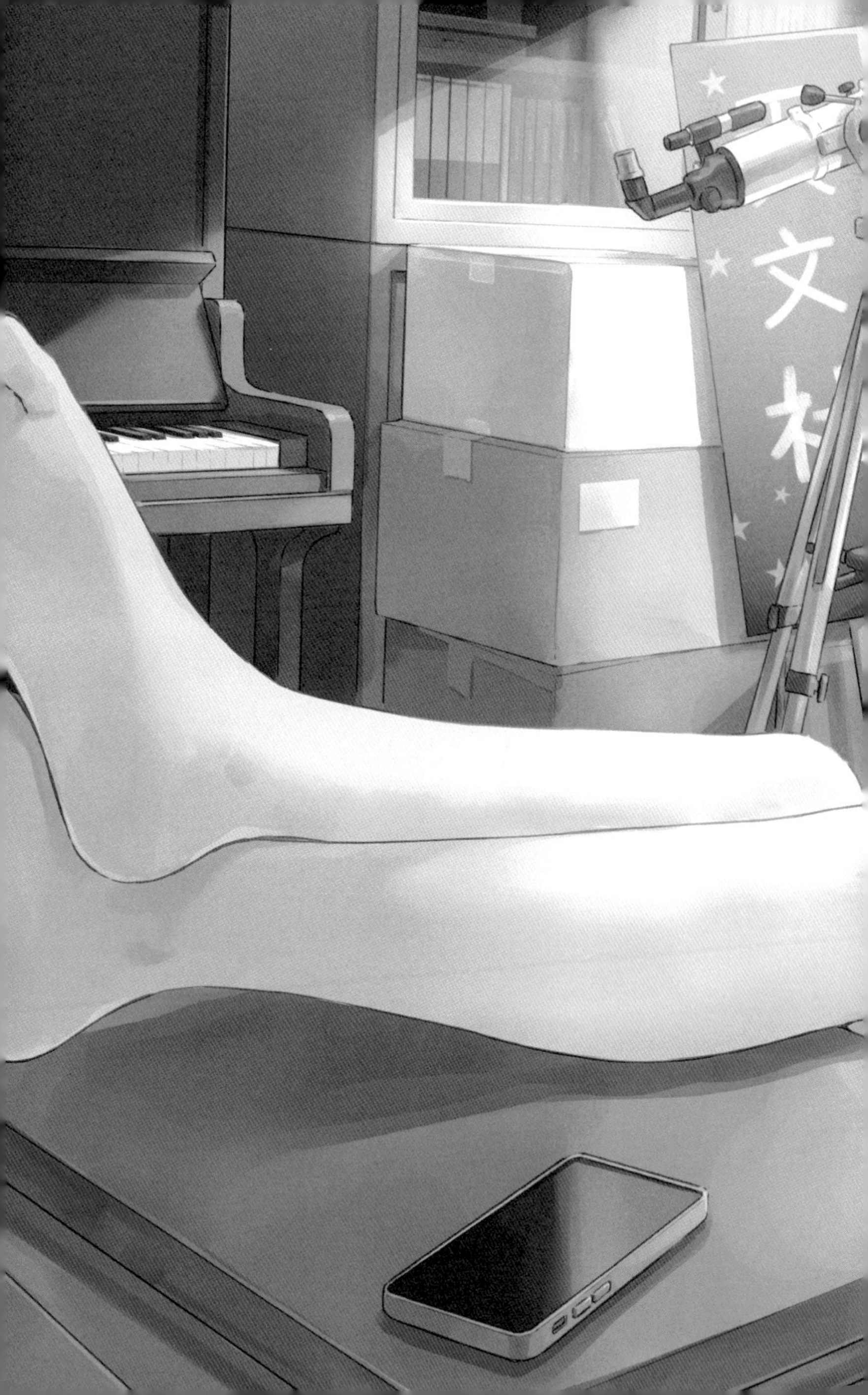
文

更糟糕的是，她手上拿著遊戲機，似乎在玩第一人稱射擊遊戲，完全沒發現我的存在。

「——唔哇！」

她摔倒了。

二斗連同椅子整個人往後摔，發出一聲巨響。

「妳、妳沒事吧！」

「好痛～～……」

我急忙跑過去伸出手。

二斗露出一張苦瓜臉握住我的手，搖搖晃晃地站起來。

「啊～～抱歉抱歉，讓你見笑了。你是巡同學吧？」

「嗯。話說我才該道歉，是我忽然闖進來的。我沒想到裡面有人……」

「也是喔，啊哈哈。」

聊著聊著，我又感到不可思議。

以幻覺來說，這真的太真實了吧……

「哎呀，被你看到糟糕的一面了。」

可能是摔得很大力，二斗揉著屁股苦笑。

「我本來不想讓人知道這一面的。」

「……呵呵，開學第一天就多災多難呢。」

這段令人懷念的對話讓我不禁笑了笑。

從如今現實中的二斗根本無法想像眼前這副模樣。

那個天才歌手nito，模範生二斗，居然會在社團教室懶洋洋地打電動。

「奇怪，你不驚訝嗎？」

二斗一臉不解地盯著我。

「我現在的形象跟在教室裡不一樣耶。」

「……啊、啊啊！真的耶！」

事到如今我才急忙做出反應。

「不是，我有嚇到！那個，因為跟之前的形象差太多了！」

「我想也是。」

說完，二斗露出苦笑。

她動動擦了指甲油的腳趾頭說：

「我原本想在學校裡好好扮演一個模範生啊。」

沒錯——她就是這樣。二斗千華就是這種女孩子。

在我的認知中，二斗有好幾種面貌。

首先是班上的模範生二斗，成績優秀、端莊秀麗、清純高雅的學校女主角。集所有男男女女的憧憬於一身，完美無缺的女孩，二斗千華。

再來是歌手二斗。

在懷舊的社團教室歌唱的「陰鬱型天才」，世人對她的印象是神祕的音樂家ｎｉｔｏ。

最後是——待在這個社團教室裡的二斗。

心直口快，怕麻煩，舉止有些邋遢的女高中生，全身上下都散發著和善氛圍的女孩子二斗。

這三種形象一定都是真實的她。二斗這個女孩具有好幾種面貌，而且毫無虛假，但對我來說，眼前這個態度散漫的二斗是最容易親近的。

「啊，對了，巡同學，你想加入天文同好會嗎？」

「嗯，我是這麼打算的。」

「這樣啊，我也是。但我對天文學沒興趣，只是想用這間教室而已。」

說完，二斗露出淘氣的笑。

「我姊是這間高中畢業的，她告訴我今年有間社團教室空著沒人用。」

「所以妳馬上就跑來這間教室耍廢，結果被我撞見了。」

「對啊～～」

二斗發出「嘿嘿嘿」的笑聲，用肩膀撞了我一下。

「誰知道第一天就有人跑過來啊，真是失策了。」

——她這個表情……

還有毫無顧慮的肢體接觸、搔動鼻腔的洗髮精香氣，都讓我懷念得不得了。

「不過……事情總是不會太順利。」

我走向鋼琴如此自嘲。

我忽然想跟她說些話。

「我在這個時候也曾經充滿期待，想度過美好的高中生活，創造許多回憶，也想朝夢想邁進。」

——我將手指放在琴鍵上。

指尖輕輕出力，放學後的校舍內響起單音階「Ra」的聲音。

「但回過神才發現，最後我什麼都沒做到就結束了，充滿了後悔。明知道會有這種結果，我卻沒能改變。」

「……什麼意思？」

二斗一臉狐疑地看著我。

「最後？沒能改變？」

「也對，妳當然會有這種反應。」

這場幻覺無比真實。

二斗應該不會剛好只在這時知道我對哪些事感到後悔。

為了排遣無聊，我又在琴鍵上彈奏二斗的樂曲。

「……！」

——二斗瞪大雙眼。

……這樣啊，原來會有這種反應。

這時候二斗還沒寫出這首曲子。眼前這個男孩居然彈奏出自己日後將創作的旋律。我不是音樂家所以無法想像，但這種感覺一定很不可思議吧。

「不過……幸好能再見妳一面。」

說完，我對眼前的二斗露出笑容。

「雖然是幻覺，幸好最後還能見到妳。」

「……你到底在說什麼——」

二斗開口的那一刻，我也把旋律彈完了。

這一瞬間——

——一道閃光籠罩住我的視野。

過了幾秒——周遭漆黑一片。

身體周遭開始有光點圍繞——

「……！」

這個不可思議的景象跟我出現幻覺時一模一樣。

隨後光點越轉越快，直到把我眼前染成一片純白——

「……學長？學長！」

起初，我聽見了這個聲音。

「你怎麼了？忽然愣在原地……」

「啊、啊啊……」

回過神才發現真琴站在我眼前。

我環顧四周——是熟悉的社團教室。

然而，放在教室裡的備品跟剛剛二斗所在的教室不太一樣。

地圖和收音機都變得老舊了些，窗簾也褪色不少。

最有感的是身上穿舊的制服，還有別在胸口的小小畢業生胸花——

——幻覺結束了。

我得知二斗失蹤的現實後大受打擊，作了個白日夢。

幻覺消失後，我也回到現實世界——

「……呃，對不起，我沒事。」

「是嗎？那就好。」

「嗯，抱歉讓妳擔心了。那差不多該走了吧。」

「回去吧。」

我們一邊聊一邊離開社團教室。

在校舍入口換上鞋子後，我們走向還有不少學生逗留的正門。

夢境的結尾總讓人悵然若失。好想再跟二斗多聊一會，我有話想跟她說，也有問題想問她。可以的話，我還想跟她道歉。

可是……嗯，我的心情已經平復下來了。

「……呼。」

我做了個深呼吸，淡淡的香甜氣味便掠過鼻尖。

再繼續掙扎也無濟於事。

既然我幫不上忙，那就靜待後續的報導吧。

我只能接受這個事實。

畢竟無論結果如何——二斗應該都與我的人生無關了。

*

「……啊，找到了，坂本！」

接近正門時，旁邊有個畢業生忽然喊了我的名字。

仔細一看，是高一和高三跟我同班的男同學西上。

他身旁還有幾個朋友。

那些人紛紛走近我們，關切地說道：

「你……沒事吧？」

「前女友發生那種事……」

「五十嵐同學因為過度換氣被送去醫院了……我們都很擔心。」

「啊、啊啊……」

被他們七嘴八舌地這麼一問，我不禁感到困惑。

「嗯，對啊，老實說我嚇壞了……」

五十嵐同學就是剛剛大喊的那個女孩子。

她昏倒了啊，事態真的變得很嚴重呢……

先不說這些……我對西上這群人有些不好的回憶。

又要說起入學典禮的自我介紹了。因為在現實中搞笑失敗，我沒能跟西上這群人變成朋友。在那之前明明還會聊個幾句，那次冷場後就莫名疏遠了。他們雖然不壞，但好像把我當成了「超級怪咖」。這也難怪，畢竟我一開始就做得這麼失敗。

這是我高中生活受挫的第一步，也導致我往後挫折連連。

所以他們像這樣跑來找我攀談，讓我覺得很彆扭。

讓我在意的還有另一件事。

「西上，我有跟你們說過我跟二斗交往過的事嗎……？」

我記得我沒有對外公開過這件事。

雖然沒有特意隱瞞，但應該只有身邊幾個同學知道二斗跟我交往過。總覺得自己特地去宣傳這種事也很丟臉。

那為什麼跟我沒什麼交流的西上會知道呢？難道謠言早就傳得滿天飛，只是我沒發現而已？

「……不不不。」

西上卻這麼說，用一副「你在跟我開玩笑吧？」的表情笑了。

「你高一的時候常常來找我們商量啊。像是要去哪裡約會，衣服要怎麼穿之類。」

「……啊？」

「對啊，你跟我們一起吃便當時，還假借商量的名義跟我們炫耀呢。」

「還故意秀給我們這些單身貴族看～」

西上他們輕聲笑道。

可是——我找他們商量？還一起吃便當？

沒有，我從來沒做過這種事。

「總之，有問題就跟我們說一聲。」

西上把手放在我肩膀上，一臉嚴肅地說。

「我們的能力可能有限，但至少可以陪你聊一聊。」

「嗯，不要客氣喔。」「再見……」

說完這些話，他們就走出正門了。

目送他們的背影離去時，我還是有些茫然。

但我仍拚命在腦海中整理這段對話——

「……過去被改寫了？」

我不知不覺脫口說出這句話。

「不，也只能這樣想了……」

我在自我介紹時確實把場面弄僵了，在那之後直至今日，我幾乎都沒跟西上那群人說過話，絕對不可能找他們商量或一起吃便當。

可是——在那場幻覺中，在那場過度鮮明的幻覺當中，我迴避了自我介紹時的失敗。

那麼……現在我身處的，是那個未來嗎？

應該就是剛剛那場夢境的延伸吧……？

「……學長。」

這時，在一旁不安地看著我們對話的真琴開口。

「喔，怎麼了？」

「我好奇怪喔。」

「哪裡奇怪？」

「我的記憶改變了。」

「……啊？」

我忍不住看向她。

「照理來說，學長在班上幾乎沒朋友，才會連午休時間都跑來社團教室，我也會陪你。

可是……學長彈鋼琴的時候，剛剛在社團教室彈二斗學姊的歌曲時……記憶忽然改變了。」

接著，真琴的視線游移不定。

「記憶中的學長有朋友，中午也會跟他們一起吃飯……」

——這段話……

聽到真琴這段話，我心中出現了某種假設。

我以為剛剛看到的是幻覺。

以為是我的期望造成的一場幻夢。

可是——既然過去像這樣被實際改寫。

現實因為那場幻覺而有所改變——

「……我是回到三年前了嗎？」

這句話從我嘴裡冒了出來。

「我回到跟二斗相遇的那段時期……也就是高一的時候？」

沒錯，只能這樣想了。在科幻小說或漫畫裡會看到的「時間移動」，是不是發生在我身上了？

在社團教室彈奏二斗的樂曲時，某種不可思議的力量起了作用。

而我回到高一，稍微改寫了現實——

「……既然如此——」

一想到這裡，腦海中浮現出「某個點子」。

「如果能再回到那個時候，從一開始就徹底改寫一切……」

在心中萌芽的希望，毫無根據的期待。

為了確認，我將這句話小聲地說出口：

「我……是不是就能拯救二斗了？」

Tomorrow,when spring comes.

明日，裸足前來。

#HADAKOI

第二話 chapter2

【Spring time machine disco !】

「預測」是這個世界上最有趣的遊戲。

我總是不厭其煩地重複這種行為。

比如說——

——從明天開始認真準備考試的話，應該就不會不及格。

——今年起積極地和周遭的人建立關係的話，從現在開始也能交到朋友。

——下一次下課時間跟二斗搭話的話，就能跟她復合。

——從夏天開始集中火力準備學測的話，至少能勉強考上某間大學。

我反覆進行這種「預測」，對自己還擁有的可能性感到安心，拖拖拉拉地把事情往後推延。然後……當我發現這並非「預測」而是「妄想」時，已經來不及了。

事到如今，我沒辦法把失去的時間找回來。

話雖如此，這種觀念也難以改變。

我毫無作為，毫無意義地浪費時間……導致現在的處境可悲至極。

我的高中生活基本上就是這樣結束的……

今天，我又帶著許多「預測」來到這個地方。

但這一次……不是「妄想」，而是貨真價實的「預測」。

「總之，雖然這還只是假設——」

我這麼說並拿出昨晚犧牲睡眠寫下的筆記。

把筆記上寫得密密麻麻的假設指給真琴看。

「我想先測試一次，看我的猜測正不正確，是不是真的能改寫過去！」

如此幹勁十足的感覺，可能是高中入學以來第一次。

有股陌生的「熱情」在心中翻騰，大概就是名為「希望」的東西吧。我好想立刻行動，對微乎其微的「可能性」感到坐立不安。

但真琴的情緒跟我完全相反。

「是喔。」

她坐在對面一臉狐疑地看著我，用吸管啜飲冰紅茶。

接著，她把視線轉向窗外的景色。

「改變過去，拯救二斗學姊……嗎？」

畢業典禮隔天。

我們在學校附近的速食店。已經是下午時間，店裡還是人滿為患。

有看似在工作的西裝男子，還有看似在讀書的同齡年輕人。

對面那桌應該是一群活潑亮麗的大學生，對我這個確定要重考的人來說，光看到這一幕就讓我的心理量條大幅耗損。

但現在可不是說這種話的時候。

無論如何，我都想驗證看看我根據昨天的神祕現象所建立的假設——改寫過去就能拯救二斗的假設。

「所以，我需要妳的幫助！」

我再次對她拚命解釋。

「妳想想，我已經畢業了，不借助妳這個在校生的力量就沒辦法進入學校啊。」

我猜時間移動的關鍵是彈鋼琴。

彈奏二斗的樂曲後，我回到了三年前入學典禮那一天，之後也是因為又彈了那首歌而回到現在。

若是如此，觸發條件就一定是鋼琴。

換句話說，只要能再碰到一次琴鍵——

在天文同好會社團教室彈奏二斗的曲子——或許就能回到三年前。

不確定因素當然還有很多。

我無法保證鋼琴確實就是觸發條件，就算成功回到了過去，也不知道是否一樣能回到三

年前。既然不懂其中的規則，就算發生任何事都不奇怪。
但若真是如此，只要實驗看看就好了。
再怎麼想都無濟於事，要實際嘗試才能看到結果。為此，我需要真琴的協助，所以事發隔天就來找她碰面了。
但沒想到真琴興趣缺缺。
「……學長，你偶爾會突然這樣呢。」
她倦怠地嘆了口氣。
「該說很像理工宅會做的事嗎？會忽然像機關槍一樣接連說個不停。」
「啊啊……好像是耶，抱歉。」
可能是因為以前想當天文學家，我有時候會氣勢洶洶地瘋狂講道理。不過也可能單純是阿宅的語速很快就是了，畢竟我的成績都不好意思自稱是理科人了。
「然後——」
這次真琴終於看向我。
「老實說……我覺得不可能。」
「什麼不可能？」
「這一切都不可能啊。」

真琴雙臂環胸，微微歪著頭說：

「時間移動？改寫過去？怎麼想都不合理吧。」

「……啊〜〜」

「你忽然跟我說這種事，還要我相信你，太強人所難了。」

她說得很有道理。

這也難怪，畢竟回到過去的科幻現象只會出現在動漫裡，而且還想用這個方法拯救二斗，天馬行空也該有個限度。

「可是真琴，妳不是也說記憶改變了嗎？」

「是啊，是沒錯。」

真琴立刻點頭。

「記憶確實改變了。學長本來沒有朋友，卻變成有朋友了。」

「對吧〜〜？這就能當成我改寫過去的證據了吧。」

「不對，我覺得只是我搞錯了。可能是學長跟我的情緒不太穩定，暫時出現異狀。」

「哪有這種事啊〜〜？」

「比回到三年前的說法合理多了。」

「……啊〜〜嗯〜〜」

這番話也很有道理……

連我自己都無法反駁了……

「而且就算真能改寫，你打算怎麼做？你要怎麼拯救二斗學姊？」

「喔喔！對對對，關於這一點——」

我將筆記本翻頁，將說明重點從「現象分析篇」轉移至「二斗營救計畫篇」。

這部分當然也寫了密密麻麻的計畫。

「我想了很多方法。首先，我想把『保留天文同好會』設為首要目標。」

「天文同好會？」

「嗯，那個同好會不是在我高一的時候廢社了嗎？在那之後，我們還是未經許可使用社團教室一段時間，但感覺很像非法占用。」

讓我跟二斗相遇的天文同好會。

儘管入學時還能勉強以同好會的形式存在，但那年還是沒達到續留條件的最低人數，所以在我升上高二時廢社了。以結果來說，這算是我跟二斗疏遠的關鍵因素。

雖然之後我們也會擅自使用社團教室，後來加入的真琴也常常泡在那裡，但這件事確實加深了我跟二斗之間的鴻溝。

順帶一提，由於這個原因，嚴格來說真琴並不是「天文同好會的學妹」，正確的說法應該是「非法占用社團教室的同伙」吧。這種說法有種學運的感覺。

「所以我想先找到社員，阻止同好會廢社。」

「哎，這個方法為什麼可以拯救二斗學姊啊？同好會還在的話，二斗學姊就不會失蹤了嗎？」

「……我昨天也一直在想這件事。」

我將雙手環在胸前，低頭看向桌面。

托盤上放了一張徵求工讀生的廣告。

想加入我們的行列嗎？時薪960圓起～　歡迎學生和家庭主婦。

「那傢伙在跑音樂活動時好像真的很辛苦，尤其是升上高二以後，她正式走紅，個性變得比以前陰沉，連在學校的感覺都很像歌手nito。」

「……有嗎？我可能沒怎麼注意到。」

「我當時也沒什麼感覺，用手機看了當時的照片才回想起來。那時候我跟她之間已經有隔閡了，只覺得『二斗好厲害』，但說不定已經有些跡象顯示出情況並非如此。」

二斗高一時的照片，和升上高二後的照片。

或是打鬧時拍下來的幾段影片。

雖然不是很明顯，但從這些應該能看出二斗的變化。

無精打采的表情、失去活力的聲音，不時會說出消極言論，還越來越沉默寡言。這些或許都是她發出的信號。

「當然，我也不知道這是否跟她失蹤的原因有關。」

我坦然認同這個前提。

其實事件發生後，還沒有釋出更多官方資訊。網路上對於她的失蹤原因充滿臆測，但全都只是無端揣測。

二斗也可能是基於我完全想像不到的原因失蹤。

「不過，我認為首要之務是保持可以在她身邊傾聽的關係，雖然現實是我早已放棄，還跟她漸行漸遠……我希望這次可以從根本上支持她。」

「……原來如此。」

「所以我想先試一次。希望妳能幫忙，讓我進社團教室彈鋼琴。」

「嗯～～……」

真琴這麼說，並用指尖把玩吸管包裝紙。

有些潮濕的吸管包裝紙逐漸被她的指甲弄得破爛不堪。

至少那態度看起來不像是贊同我的意見。

「……妳為什麼這麼排斥？」

我小心翼翼地問道。

「妳還是無法相信嗎？」

「也是因為無法相信啦。」

真琴將手肘抵在桌上，看向窗外並發出厭倦的嘆息。

「……我們真的可以改變過去嗎？」

「——欸，你們兩個。」

「呃啊！」

忽然有人從背後跟我們搭話。

我飽受驚嚇地回頭一看。

「……你是哪位？」

……是完全不認識的人。

一名陌生的年輕男性站在後面。

微微蹙眉的他五官端正俐落，一雙薄唇充滿堅毅氣息，身材精壯緊實。年紀大概快二十歲吧？該怎麼說……感覺是個可怕的男人。這位長相凶狠的大哥低頭看著我們。

……咦，什麼情況？該不會是要恐嚇我們吧……？

「我跟朋友在那邊吃飯，聽到你們的談話。」

「啊，對、對不起！是不是太大聲了！」

「不，這倒還好。難道你們……」

他稍稍壓低音量。

「……是二斗的朋友？」

「……啊、啊啊。」

原來他是聽見我們提到她的名字了。

糟糕，早知道就把音量放低一點。

而且我該怎麼回答？我可以承認……自己認識二斗嗎？

畢竟她是名人，是不是該隱瞞比較好？而且這個人有點可怕。

我對真琴拋出求救的眼神，她卻事不關己地看著窗外。

這也難怪，遇上這種情況，連我這個男生都嚇到快尿出來了……

「……對，我們跟二斗同校。」

猶豫了一會，我還是老實回答。

總覺得沒辦法對這個人說謊到底。

「那個，我們很擔心……」

「果然沒錯。」

他短短地嘆一口氣。

「其實我也是那裡的校友，去年畢業的。」

「啊、噢，那就是學長了……」

「是啊。」

學長點點頭。

這個動作很有少年感，他的個性或許不像外表那麼壞。

雖然乍看之下真的很像黑社會的人……

……這時——

「……咦！六曜學長？」

我忽然察覺，並大喊出聲。

「你是六曜春樹學長吧！」

俐落端正的五官，充滿魄力的硬派站姿。

肯定沒錯，我記得在學校裡看過他好幾次。

這位六曜學長在我們高中可是無人不知無人不曉的超級名人。

他是現充團體的中心人物，運動全能，頭腦清晰。

但他一點也不輕浮，性格直率又陽剛，只要對某件事不認同，無論對方是老師或學長姊，他都會提出異議。這位人盡皆知的六曜學長，簡直就像戰鬥漫畫裡的俠義角色。

「喔，對啊，真虧你知道我的名字。」

「不，那間學校的學生都知道吧……」

順帶一提，聽說六曜家還是吉祥寺那一帶的大地主世家，其中一位祖先好像還被寫進日本史課本裡。反之，我們坂本家最成功的人是在小學發明競賽中拿到大臣獎的堂弟桔平。

「二斗那件事，我也在新聞上看到了，嚇了我一跳。」

「啊啊，這樣啊。對了，六曜學長跟二斗認識嗎？」

「……算是吧。」

這時，六曜學長的表情不知為何變得有些陰沉。

「只是會一起辦活動，聊過幾句話而已……」

啊～～二斗跟六曜學長的確經常擔任〇〇委員長或〇〇執行委員會等職務，才會有交集吧。不過他的表情看起來還有隱情，似乎對二斗有其他想法。

「……發生過什麼事嗎？」

我忍不住問了。

「二斗跟六曜學長有過爭執嗎？」

「……呃，倒也不是啦。」

這時——六曜學長笑了起來。

不知怎地，他的嘴角歪成難看的形狀，彷彿在自嘲。

「該怎麼說，我跟她算是勁敵……不，可能連勁敵都稱不上吧。」

——怎麼回事？

他們之間到底發生過什麼事，居然會讓六曜學長露出這種表情……

但我還來不及問出口。

「所以，那傢伙現在怎麼樣了？」

學長接著說下去，彷彿要結束這個話題。

「我聽到你們說那個時候可以拯救她之類，才忍不住過來搭話。」

「原來如此……但對不起，我們聊的也是假設性的話題……」

「喔～～」

這時，六曜學長把手伸進口袋拿出手機。

「對了，告訴我聯絡方式吧，知道二斗的消息就跟我說。如果有我能幫忙的地方，我也會去協助你們。」

「咦？啊，這、這樣啊……？」

儘管非常唐突，被他這麼一說，我也不好拒絕。

我戰戰兢兢地拿出手機，跟六曜學長交換ＬＩＮＥ帳號後，他丟下一句「那我走了」就回去朋友們在等候的那一桌了。

可能是繃緊的神經終於放鬆下來，坐在對面的真琴「唉……」地嘆了口氣。

「……感覺一下子變得好累，嚇死我了……」

「對啊，沒想到會在這種地方跟那個人扯上關係……」

他感覺不像壞人，但還是讓我們緊張得不得了……

光是籠罩在他的氣場之下就會耗損不少體力……

「而且我已經沒力氣思考了……」

真琴一臉疲倦地將杯中的飲料一口喝光。

接著放棄抵抗般托著腮幫子。

「……先去學校一趟吧。」

她用自言自語的口氣這麼說。

「我還沒完全相信你，但還是試一次看看吧。」

「……謝謝妳的幫忙。」

＊

「——話說回來，你也彈得太爛了吧。」

我們來到天文同好會的社團教室。

真琴看著在鋼琴前面苦戰將近二十分鐘的我，長嘆一口氣。

「為什麼還沒辦法彈完一次啊？昨天的你是怎麼回事？」

「再、再等我一下！」

我又用手機重播一遍二斗的曲子，把掌心的汗水擦在褲子上。

「昨天是一鼓作氣成功了……但冷靜之後不太容易呢，哈哈哈……」

——我彈不出來。

二斗那首歌的旋律太難了，我彈不出來。

一方面是因為我本來就不常接觸樂器，而且她做的曲子本身很複雜。不只是白色琴鍵，連黑色琴鍵都必須用到，對外行人來說難度太高了。

能像昨天那樣輕鬆彈出來反而才是奇蹟吧？

「啊～～煩死了，怎麼辦啊？是不是該把樂譜寫出來比較好？」

「哎呀，不用做到那麼精細啦，總之多彈幾次吧。來，快點彈。」

「嗯～～好吧。」

說完，我又開始敲琴鍵。

但我的手指還是不聽使喚，不知道從頭演奏多少次了。

「如果有音遊那種譜面就好彈多了。」

手指在琴鍵上彈奏的同時，我如此自言自語。

「如果有從上往下掉的音符，我有自信可以零失誤過關……」

「真可惜，那種東西只存在於遊戲世界喔。」

真琴雙手環胸，冷冷地回答。

「我可沒那麼多閒工夫，如果要花很多時間，我要先回家嘍。」

「不不不，妳很閒吧？妳不是沒打工，也不會跟朋友出去玩嗎？」

「還是有些事要做啊。我想玩Apex，昨天喜歡的V開了直播也沒看到……呃，嗯？」

說到這裡，真琴忽然露出驚訝的表情。

她把視線移向我放在琴鍵上的手。

「你剛剛……彈出來了嗎？」

「……啊？」

我把手指從彈完最後一個音的琴鍵上拿開。

我也——再次看向眼前這台鋼琴。

可能就像真琴說的，我剛剛似乎全部彈對了。

「真的不知不覺就彈出來了——」

——光點四處飛舞。

在一片黑暗中，無數光點開始在我身邊圍繞。

——一模一樣。

跟昨天相同的現象——又發生了。

光點的轉速緩緩提升，我的視線染成一片雪白——

「……巡同學？」

回過神才發現——二斗就在我眼前。

「怎麼了？你在幹嘛？」

烏黑亮麗的秀髮；疑惑地盯著我的雙眸。

挺直的背脊，還有那身相當適合優美曲線的制服——

「……啊、噢，呃～～那個……」

我心跳加速，並環顧四周。

褪色的窗簾、塵埃的氣味。

直立式鋼琴、老舊收音機、東西德統一前的世界地圖。

——真的是社團教室，天文同好會的社團教室。

看來我一如推測，回到入學典禮那一天了。

「我只是，在想事情……」

我這麼說，並重新看著二斗的模樣。

「不好意思，我剛剛好像呆住了……」

明明是第二次重逢，明明昨天也見過同樣的場景。

可是一站在這個人面前，我總會無條件變得百感交集。正因為曾經失去過，光是二斗在我眼前這個事實，就讓我高興得無法自拔。

二斗卻完全不明白我的心情。

「嗯～～？喂喂喂～～感覺很可疑喔～～」

她直直逼近我。

我聞到淡淡的洗髮精香氣，還能從接觸部位感受到她的體溫……

「你說你呆住了，該不會是看我看得出神了吧？觀賞費算你一秒六百圓。」

「喂，太貴了吧！這樣看一分鐘不就要將近四萬嗎！」

「廢話，我可不是廉價的女人。」

「尊貴的女人哪會替自己定價啊……」

說著說著，我們都笑了出來。

沒錯，我跟二斗總會像這樣笑著調侃彼此……

「……對了，那個，為了保險起見，我想問一下。」

我往後退一步並清清喉嚨，對二斗問道：

「現在是幾年幾月？」

「……二〇××年四月五日。」

還以為二斗會覺得我可疑，沒想到她回答得十分乾脆。

「而且你看手機日曆不就知道了嗎？」

「啊！對喔！也是，啊哈哈……真的是四月五日耶。」

被她這麼一說，我從口袋裡拿出手機。這時候我剛換手機，是當時的最新款。

螢幕上確實顯示著二斗所說的日期。

「原來如此，果然沒錯……」

將手機收好後，我也理解了一切，感覺有好多疑問都解開了。

首先，回到過去的關鍵果然是鋼琴。

這樣一來，和剛才一樣彈奏二斗的曲子肯定也能回到現實。

剛剛我費盡了千辛萬苦，應該也沒辦法來去自如，但至少不會面臨「回不去！」的窘境，讓我暫時安心許多。

再來就是移動到哪個時段的時間法則。

就目前的狀況來看，我似乎會穿越到「上次結束的時間點」。換句話說，只要我彈奏鋼琴，三年前和現在的時間就會交替前進。

其中一邊的時間流逝時，另一邊的時間似乎不會先往前走。

既然如此——

「喔，感覺滿方便的……」

好像可以非常順利地改寫過去。

如果在我回到現代的期間，三年前的時間一樣會前進，或許會錯過重要的大事。

然而，要是兩邊的時間都能像這樣每分每秒都不遺漏，應該就不會「錯過」任何事。反之，如果我在這裡的時候，現代的時間前進太多也很恐怖……

「……欸。」

二斗不滿地喊了一聲。

「巡同學，你到底是怎麼了？從剛剛就不太對勁耶。」

「啊、啊啊！抱歉抱歉！」

糟糕！我太認真思考了！

我稍微清了喉嚨，將腦中的想法粗略地統整一下。

「那個……我只是在想未來的事。」

「未來的事？」

「對啊。可以的話，我以後還想繼續用這間社團教室。」

我對歪著頭的二斗緩緩點頭。

「所以，我在想要不要為此重建天文同好會。」

打鐵就該趁熱，我覺得今天就跟二斗提議比較好。

於是我將事先調查好的資訊，以及在「現在」想到的計畫告訴二斗。

「我記得設立同好會要獲得校方准許，能得到社團教室使用權的最低人數是四人。換句話說，若二斗同學願意加入，只要湊齊剩下的兩人，高二以後就可以繼續用這間教室了。」

在過去的高中生活，我在天文同好會廢社時聽說了這件事。

因為沒達到最低人數四人，同好會將會廢社。

也就是說，這次我只要將這個結果改寫掉就行了。

「所以我想去招攬社員。雖然才剛入學沒多久，應該也能招到兩個人吧。」

不過老實說，非得找到這兩個人的目標也讓我感到不小的壓力……跟不認識的學生搭話超可怕的……

只是——這攸關二斗的未來和她的性命，那我便不能裹足不前……如果是已經體驗過這段高中生活，從未來穿越回來的我，或許可以輕鬆達成招攬社員這個目標。

「……是喔。」

二斗有些意外地睜大雙眼。

「有道理耶，我也加入吧。嗯，沒問題。」

「真的嗎？謝謝妳。」

「但你怎麼會忽然想到這種事？」

——我早就猜到她會這樣問我了。

所以我也事先準備好了答案。

「……沒有啦，就像妳說的，待在這裡很自在嘛。」

我從鋼琴前起身，走到社團教室的窗邊。

「高中生活應該會遇到一些困難，如果有個屬於自己的居處，應該會滿輕鬆的吧。那這裡就是現階段最適合的地點了。」

「說得也是。」

說完，二斗「呵呵呵」地輕笑幾聲。

「畢竟我還以為你看到我那副德性之後，會對我更避之唯恐不及。既然巡同學也有這種感覺，那這裡或許真的是個不錯的居處。」

「對吧？而且，那個……」

說到這裡，我變得吞吞吐吐。

其實，我還有另一個想讓天文同好會復活的理由。

我不敢對真琴坦承這個真正的想法，卻想讓二斗知道。

「我……想當天文學家。」

我直截了當地將這句話說出口。

二斗一臉嚴肅地看著我。

「這是我自幼以來的夢想，想知道遙遠宇宙的另一頭有什麼，想發現只屬於我的新星，幫它取名字。」

——這是高中三年被我放棄的夢想。

我在二斗身邊消磨了一天又一天，不知不覺遺忘了這個昔日夢想。回想起來，我當初會踏進這間社團教室，也是抱著未來能實現這個夢想的期待。

「所以我希望能做好準備。不用太正式也沒關係，我想在這裡閱讀文獻、觀測天象，打好認真研究的基礎……」

如果要改寫這三年的經歷、拯救二斗，我真的很想做好這件事。

但光是在她身邊還不夠，我還想成為與她匹配的人。

所以我也得重新改寫自己的過去。

一定要把白白浪費掉的這三年徹底改變，成為不愧對二斗的人才行。

「……是喔。」

二斗的嘴角勾起愉悅的笑容。

「這樣很好啊。」

她看著我，歌唱般這麼說。

宛如濕潤玻璃珠的那雙眼直直盯著我。

然後——

「——我很喜歡努力奮鬥的人。」

——很喜歡。

這句以前也從她口中聽過的話語，差點讓我心臟爆炸。

我的體溫急速飆升，腦袋徹底當機。

「原來如此，嗯，我知道了。我會幫你招攬天文同好會的社員。」

「好，謝謝妳。老實說我覺得一個人太辛苦了，真的很感謝妳願意幫忙。」

「也是，啊哈哈。啊，但我只有一個要求。」

說完，二斗在直立式鋼琴前坐下。

接著將右手放在琴鍵上彈奏，演奏出不可思議的音階旋律。

「在你做那些活動的時候，可以讓我彈這台鋼琴嗎？其實我有在玩音樂，想拍看看自彈自唱原創曲的影片。」

「……是、是喔。」

「所以希望妳讓我彈彈鋼琴，等社團活動結束後也沒關係。」

「原來如此……」

感覺我的反應有點冷淡。

對我來說，「二斗在玩音樂」早就是理所當然的前提。聽她再提起一次，我差點就做出「我知道啊」的反應了。

不過也對，我現在應該是第一次聽說這件事……

那可能要表現得更驚訝才行。

「……真的假的～～太強了吧！我很敬佩會彈鋼琴的人耶。要靈活運用十根手指頭，應該很困難吧？」

畢竟我剛才光是要彈出旋律就費了好大一番工夫！

「啊哈哈，哪有，習慣之後每個人都做得到啦。」

「不不不，沒這回事……對了，妳要彈鋼琴當然沒問題，這又不是我一個人的社團教室，妳也不必客氣。」

「真的嗎？太好了。」

二斗彈也似的從椅子上起身。

然後用肩膀撞了一下站在窗邊的我。

「那……我們要努力招攬社員喔。」

二斗看著我的臉這麼說。

而且不斷將身體湊近我——

「以後就請你多多指教嘍——巡。」

在這個時間軸，她第一次直呼我的名字。

——某種情緒湧上心頭。

隔著制服也能感受到二斗的體溫。

近距離聽見她的嗓音，還有搔動鼻腔的香甜氣味。

二斗很喜歡跟別人拉近距離。不可思議的是，她不會對我以外的人這麼做，卻經常像這樣跟我有肌膚接觸。

在過去的高中生活中，她這種態度不知讓我怦然心動了多少次。

只是現在──我卻覺得懷念得不得了。

懷念的感覺讓我心裡痛苦萬分。

我再次明白自己至今仍喜歡著二斗。

也再次下定決心要拯救她，並站在她身邊。

「嗯，請多指教，二斗。」

我將所有思緒都濃縮在這句話裡，對她點了頭。

「明天就馬上去招募社員吧。」

──於是，我跟二斗開始招攬天文同好會的社員。

順帶一提──這次我有強力的後盾。

別看我這樣，這可是第二次的高中生活，招攬社員這點小事輕輕鬆鬆就能解決！

＊

隔天。

「抱歉，我不行耶。」

「我也是～～」「我也不太行。」

「為什麼啦！」

——被拒絕了。

午休時間，我把同好會這件事告訴西上小隊的成員——西上、鷹島和沖田三人後，他們馬上就拒絕我了。

我忍不住從座位起身，對他們死纏爛打。

「我又沒有要你們認真做活動！幫我一下會少塊肉嗎！」

「哎喲～～就算你這麼說……」

西上津津有味地吃著媽媽做的便當，一臉為難地說。

「你想想，我們燦爛的高中生活才正要開始吧？」

「對啊，會忙著戀愛跟玩樂吧。」

「我想去畫漫畫耶。」

「所以啊——」

西上將其他成員的意見加以統整後——

「抱歉，我們就不加入了……」

「……真的假的。」

不加入啊……

我沒想到……他們會這麼乾脆地拒絕我。

還以為他們至少會考慮一下……

……話說回來，我可是一清二楚！

西上、鷹島、沖田！你們嘴上這麼說，結果也是無所事事地過完這三年啊！

沒加入任何社團，放學後也只會耍廢，就這樣過完高中生活！雖然我也說不出口啦！

「可是，觀星真的很有趣耶！」

我還不肯放棄，拚命死纏爛打。

「星空很漂亮，又浪漫！最適合當成高中時代的回憶了！」

「嗯～～但跟一群臭男生觀星好像有點……」

「是不是要凌晨兩點約在平交道集合啊？」（註：取自BUMP OF CHICKEN演唱的〈天體觀

測〉的歌詞）

「我沒辦法熬夜，不行啦……」

居然拿那麼久以前的歌來想像天體觀測！

再說，同好會的成員又不全是男的！不過感覺話題會歪掉，我還是先別說出來好了！

「那、那只要幫我掛名就好，這樣可以嗎？不來社團教室也沒關係，只要讓我在名冊寫上名字，當幽靈社員就好……」

「嗯？這麼做沒問題嗎？」

「感覺有點像作弊耶。」

「還是要按規矩來啦。」

你們說得完全正確！我根本無法辯解！

原來你們很重視這方面的倫理道德啊，完全看不出來……

「……這樣啊～那好吧。」

說到這個分上還是不行的話，那就真的沒辦法了。

我打消念頭，坐回椅子上。

並從肺部傾瀉出深深的嘆息。

「怎麼辦啊……」

才被拒絕一次，我的心靈就受到重創。

該怎麼說，我果然還是這麼沒用……

得到重新修正這三年的機會，我還以為會事事順利，又信誓旦旦地說：「變強之後再開創新局吧！」……但沒錯，結果我還是會像這樣在該跌倒的地方跌倒，我就是這種人。

我完全忘了這回事……

「哎呀，雖然我們沒辦法，你還是要加油喔。」

西上安慰我似的笑著說。

「招募社員的期限還剩下一個月左右吧？」

「……嗯，是沒錯啦。」

正如他所說，現在這間學校的社團活動就是招攬新社員。

四月努力招攬，五月才會正式展開新年度的社團活動。

同好會的續存人數也會在這個階段確認，所以只要在這之前找到兩位新社員即可。

「其他社團這陣子也在拚命招攬啊，坂本也努力堅持下去吧。」

「……嗯，也是。」

西上說得沒錯。

現在不是消沉的時候，還有一點時間，我再加把勁吧。

而且……該怎麼說呢？

西上他們雖然不加入，但光是可以跟他們聊同好會的事，的確就讓我感到輕鬆不少。他們願意為我加油打氣，我覺得很開心。因為在尚未改寫的高中生活中，我連能聊這些話題的朋友都沒有。

「謝謝，我會繼續努力。」

說完，我繼續吃起便當。一個人吃便當的感覺也不差，但跟朋友一起吃，感覺美味程度比平常提升了一到兩倍。

*

「——這樣啊，那也沒辦法。」

當天放學後，我來到同好會社團教室。

聽到我回報招攬朋友的作戰失敗後，二斗十分乾脆地這麼說並露出苦笑。

「我想大部分的人都不會答應吧～感覺只有狂熱愛好者才會加入天文同好會。」

今天她也把室內鞋跟襪子全部脫掉，光腳坐在椅子上。

在第一次的高中生活中，二斗在社團教室裡基本上都是這個樣子。

在充滿暖色調的社團教室，水藍色的指甲油特別清爽顯眼。

「也是～～不過很抱歉，如果朋友這招能成功會是最輕鬆的。」

「沒事沒事。為了這種時候——你看！」

說完，二斗從書包裡拿出一張紙——

「我設計了一款招募傳單，怎麼樣？」

「喔喔！不錯耶！」

非常有設計感。

在模擬夜空的全黑背景上，招募文案被設計得像星座一樣。

「天文同好會，社員募集中！」

「跟我們一起觀星吧。」

「歡迎無經驗者！」

「欲知詳情，放學後請至天文同好會社團教室！」

「哇……！」

如此精美的成品讓我不禁讚嘆。

「二斗，妳還會設計這種東西啊……」

不但簡單易懂，排版整潔，還帶了一點玩心，非常好看。

品質好得跟我說這是委託專家做的，我也會相信。

除了鋼琴，原來她在這方面也很擅長啊，我都不曉得……

「沒有啦，只是有做出感覺而已，技術還是很外行。不過我覺得設計得可愛一點，大家應該會比較想拿。」

說完，二斗「呵呵呵」地笑了。

她身後有夕陽的逆光，感覺就像要溶入這片橙黃色調了。

「那明天就馬上開始發傳單吧。」

「好啊～～」

「我猜不一定會很順利，但還是踏踏實實地努力吧。」

「嗯……也對！」

這時，二斗露出忽然想到什麼的表情。

「啊，那來為明天加油打氣一下吧……」

說完，她走向直立式鋼琴。

「喔～～妳要彈給我聽嗎？」

「嗯，最近我寫了一首原創曲，我想拍成第一支影片上傳到網路上。就順便當成彩排，你能幫我聽聽看嗎？」

——對了，以前的確也是這樣。

入學典禮隔天。

在放學後的社團教室裡，二斗第一次把她寫的歌彈給我聽——

「妳不介意的話，我很樂意。」

「要跟我說感想喔。」

說完這句話，二斗就面向鋼琴入座。

這一瞬間——她的表情像是換了個人。

上一秒還是悠悠哉哉的女高中生，下一秒就變成了一位音樂家。

這時已經有nito的雛型了，完全能感受到她身上散發的天才音樂家氣質。

接著——她將力道貫注於雙手，開始演奏樂曲。

前奏結束後，她也哼唱起來。

充滿躍動感又令人懷念的旋律。

歌詞可能還沒填完，聽起來像隨便亂唱的英文。

在尚未改寫的高中生活中，她的樂曲和演奏也是一聽就能感受到她的「才華」——

跟出道後的ｎｉｔｏ相比，或許還是略顯粗糙。
曲調和歌詞可能都不夠講究，還有進步的空間。
可是旋律中的確充滿著她的「魅力」本質。我好久沒聽她現場演奏了，忍不住淚水在眼眶裡打轉。
在我聽得如痴如醉時，演奏結束了。
餘韻消散後，二斗的肩膀頹然垂下，變回平常的她。
然後她看向我，不安地歪著頭。
「……好聽嗎？」
並如此問道。
「我自己覺得寫得還不錯……」
難得看到她這麼沒自信的表情，塗了指甲油的腳趾不安分地動來動去。
這或許是第一次。
二斗可能是第一次把自己做的曲子唱給別人聽……
所以我直接將最真實的感想告訴她。
「天才。」
二斗可能以為我在開玩笑，開心地「啊哈哈哈」笑著。

＊

「——我們是天文同好會，請參考看看～～！」

「——社團教室在南校舍四樓喔～～！」

我跟二斗一邊喊著，一邊將傳單發給來上學的學生。

每個人的反應都不一樣，有人開心地接過傳單看著文案，有人厭煩地把傳單塞進書包，有人只瞄一眼就直接走掉，還有人完全無視我們的存在，有各式各樣的反應。

只是——沒想到我會這麼興奮地發著傳單。

「傳單要馬上補印才行。」

「對啊，放學後去教職員辦公室借影印機吧！」

人潮消散後，我跟二斗如此討論著。

傳單發得比想像中還要快。

我們抱著總之先試試看的心情，在教職員辦公室印了一百張，心想這一大疊傳單如果能在招募期間全部發完就該偷笑了，結果過了三天，今天就變得像小冊子那麼薄，真是個令人開心的誤判。

我們目前在上學時間前的校舍入口處。

在我們學校，這個時間的這個地點是社團招募的主戰場。

周遭有許多跟我們一樣在招募社員的社團。

「我們是網球社～～！要不要一起打網球呀～～！」

「這裡是管樂社！去年有進軍全國大賽喔！跟我們一起奪下日本第一的寶座吧！」

「柔道社！柔道社柔道社柔道社！」

有穿著球衣或整套防具的運動類社團，還有亮出樂器，甚至開始當場演奏的管樂社和輕音社。跟他們相比，我們天文同好會十分不起眼，但不知為何還是能殺出一條血路。

起初我以為：「果然第二輪就能輕鬆解決！」「是不是我的潛力爆發了？」但今天我才終於明白。

「——喔，天文同好會啊。」

「沒錯，有興趣的話務必參考看看！」

「妳也是社員嗎？」

「是呀！」

「喔～～有點好奇呢……」

——是因為二斗很受歡迎。

她是今年最受矚目的新生，看到她在熱情招募，有興趣的人都爭先恐後地聚集過來。

「妳每天都會到社團教室嗎？」

「嗯，對啊，這陣子應該會吧！」

「是喔，原來如此……」

男學生點點頭，嘴角勾起壞笑，一看就知道別有意圖。

男人都這副德性！把同好會當成什麼了！

但仔細看就能發現不只男生，連女生都紛紛被她吸引過來。

「咦？二斗加入同好會了？」

「嗯，里奈有興趣的話也加入嘛！」

「咦～～要加入嗎～～」

呃，二斗的人脈也太廣了吧……

入學沒多久就跟其他人好成這樣了嗎……？

不過像這樣站在他人面前的二斗是所謂的「模範生模式」，自然不會招人嫌惡，這點是可以理解啦……

而且……

「千華，早安～～」

「啊～～萌寧，早呀。」

甚至有學生每天早上都會跑來找她。

其中一個可說是代表性的人物，就是髮色明亮，彩色隱眼和精緻妝容讓人印象深刻的辣妹風嬌小女孩，五十嵐萌寧。

就是畢業典禮那天聽到二斗失蹤後，被緊急送醫的女孩子。

她們似乎跟過去被改寫前一樣是朋友。

「欸～～妳要招募到什麼時候啊？」

五十嵐同學緊緊抱著二斗這麼問。

「一個人上學很寂寞耶。」

「抱歉，我這個月都要忙這件事。」

「咦～～這麼誇張……」

說完，五十嵐同學嘛起嘴脣。

隨後——她把臉轉向我，冷冷地瞥了我一眼。

嗚哇，她恨死我了……

因為我剝奪了她跟二斗一起上學的機會，她對我懷恨在心……

雖然覺得很抱歉，還是希望她能體諒。

都是高中生了，只是上學而已，不能一個人屈就一下嗎？我覺得黏太緊也不太好……

「……算了。」

五十嵐同學往後退一步。

「既然是千華想做的事，我會支持妳。」

「嗯，謝謝。」

「那妳繼續加油吧～」

五十嵐同學揮揮手離開現場。

後來，馬上又有其他學生接近二斗。

她的集客力真的太猛了吧，是迪士尼的角色人偶嗎？

……而且我現在才發現，這段期間，我一張傳單都沒發出去耶。

難不成……我只是在扯二斗的後腿嗎？

仔細想想，我手上的傳單從今天活動開始後幾乎沒有減少，印象中有發出去的也頂多十個人……

「咦，真的假的……我完全沒表現嗎！」

事到如今我才對現狀有所自覺，焦慮起來。

本來說要拯救二斗，但現在被拯救的反而是我啊！

「我、我們是天文同好會～～！請參考看看～～！」

我急忙出聲大喊，又進一步思考。

不能再繼續依賴二斗了。

那就需要擬定作戰計畫。在我的能力範圍內，又能招到一大堆新生的特殊作戰……

我一邊想一邊抬頭往上看，映入眼簾的是宛如水彩畫的淺藍色天空，以及孤零零地懸在空中的雪白半月。

既然要做，就要用天文同好會獨有的方法來招募吧。必須把天文的魅力傳遞出去，否則他們根本不會感興趣……

所以我……

「……啊。」

我忽然想到一個點子。

「對喔……讓他們看到星星就好啦！」

＊

——隔週早上。

將臨時想到的招募點子準備好後，我站在「那個成品」前面。
「喔～～不錯不錯！」
二斗像孩子一樣稍微興奮起來。
「這很棒耶，真的好像星空，也能留下深刻印象！」
如她所說——眼前綴滿了無數星辰。
一如往常的校舍入口擺放著成排的深棕色鞋櫃。
我們在鞋櫃上貼滿了無數張親手製作的「星型夜光小卡」。
而且每張星星上——
「天文同好會正在招募新社員！」
「欲知詳情，請至南校舍四樓的社團教室！」
「這些小卡可以帶回去喔！」
寫著這些文案——
二斗說得沒錯，依據不同的觀看方式，會讓人以為這裡有一片「星空」——我們將其取名為「把銀河帶進校舍入口」大作戰。
說起天文同好會的魅力，就是能看見美麗的星空吧。
雖然我個人是對發現新天體、收集暗物質情報、追蹤斥侯星新學說等面向比較有興趣，但大多數人還是會被夜空中閃閃發亮的滿天星吸引。

既然如此——就讓大家見識一下。

只要用震撼力十足的形式展現出星空的模型就行了。

因此我想到可以在所有學生都會經過的昏暗校舍入口貼上星星小卡。

數量總共一百五十片。

因為只有我一個人做，製作和黏貼都花了不少時間，這樣應該可以讓不少學生……順利的話，可能所有新生都會知道天文同好會的存在。

而且——

「因為這是夜光小卡——」

——我取下其中一片，拿給二斗看。

「一到傍晚，這個校舍入口會馬上暗下來，所以放學後這些就會發光，看起來跟真正的星空沒兩樣。」

「喔～～好厲害。」

二斗把我的手拉過去，用雙手罩住營造陰暗感，確認小卡的發光效果。

「不錯耶，真虧你能想到這個點子。」

「對、對吧……雖然僅限變暗後到開燈前的這段時間啦……」

嘴上這麼說——我感受著被拉過去的那隻手的觸感。

手完全壓上二斗柔軟的腹部，我暗自失去理智。

這傢伙……又對我做出這種肢體接觸。明明這麼瘦，身體怎麼會這麼溫暖又柔軟啦……

這樣就會讓十幾歲的男生小鹿亂撞耶……

聊著聊著——上學時間也快到了，學生們慢慢出現在校舍入口。

他們穿過同樣等著招募新生的各社團間，來到鞋櫃旁。

「……唔喔！這是什麼！」

「好猛喔，是星星嗎！」

看到和昨天截然不同的景象，學生們紛紛發出驚呼。

「喔～～天文同好會……」

「原來有這種同好會啊。」

聽著這些聲音，我跟二斗不禁望向彼此。

「……成功了。」

「對啊，這樣大家應該會感興趣……」

又有一批學生接連來到校舍入口。

所有人都對星星小卡感到驚訝，還有學生說：「這可以拿走吧？」將小卡摘下來帶走。

嗯嗯，可以喔！如果對天文同好會有興趣，歡迎把小卡帶回去！我就是基於這個前提才做成方便摘取的設計！

星星小卡陸續被拿走。

儘管如此，鞋櫃上還是剩下很多星星，整體看起來不會太冷清。嗯……這也在我的預料之中，不枉費我這麼早起來貼小卡……

當我如此心想時——

「不過，真虧他們能得到允許耶～」

忽然聽見這句話。

「以前沒有社團用過這種招募方式吧，真虧他們能說動老師。」

「對啊，未經許可就做這種事，感覺會被臭罵一頓！」

「……啊。」

許可，跟老師報備。

「……我忘記了！應該事先跟老師報備！」

我忍不住大喊。

「咦，真的假的？你還沒跟任何人說嗎？」

一旁的二斗也瞪大雙眼。

「嗯……因為我光做星星小卡就耗盡全力了嘛！」

「咦～～！」

對喔……說得也是！

平常發傳單都需要申請了。

這種特殊的招募方法，當然要事先得到允許！

「等等，那現在馬上去教職員辦公室吧，跟老師好好說明。」

「也、也是！如果放著不管，最慘的情況搞不好會被強制撕下來……！」

我跟二斗又向彼此點點頭，加快腳步衝向教職員辦公室——

——結果……

我們暫時得到了在招募期間能張貼小卡的允許……

卻被班導千代田老師罵得狗血淋頭。

而且可能會製造垃圾，老師要我們每天確實整理乾淨。

誠如老師所言，這方面我們也會好好管理……

＊

「——拜拜嘍。」

「嗯，明天也麻煩妳了。」

像這樣進行招募活動將近兩週後。

我跟二斗完成今天的工作，在正門前道別後各自返家。

這陣子每天都是這樣。早早在社團教室集合，展開招募活動，放學後留在社團教室等待想入社的人，到了規定的離校時間就回家。

「……唉。」

我嘆了一口氣，茫然地仰頭望向天空。

雲彩被暈染成金色和淡紫色交織的花紋。

東邊的天空開始有微弱的光點在閃爍。如果我當上天文學家，或許馬上就能知道那顆星星叫什麼名字了。遠方傳來孩子的笑語聲，還有本田小狼機車轟隆隆地駛過我身旁。

「……沒想到這麼不順利。」

招募活動已經進行好一段時間了。

傳單發了將近兩百張，校舍入口的星星也被學生們拿走不少。

也有幾個來社團教室參觀的學生。

男女總計五人左右。

他們的態度感覺還不錯，對活動也有興趣。

但不知為何……所有人都沒有更進一步，最後沒有入社。

都來到社團教室了，沒想到他們都不加入……

「……但確實不好加入啦。」

我試著站在他們的立場思考，如此嘀咕。

「現在只有兩個社員，而且感情還這麼好……要融入圈子太難了吧……」

如果我遇到相同情況，應該也會覺得：「入社之後我會不會被排擠？」「這兩個人是不是其實在交往啊？」那當然很難加入。

「該怎麼辦呢……」

現在要怎麼做才能找到第三個社員？

而且招募新社員的時間已經快過一半了，我們卻連一個候補人員都無法確定，讓我不由得焦慮起來。

這時——

「……嗯？」

我走在住宅區的街道上。

看見對面——站著一個人。

那個嬌小人影在夕陽的逆光下變得昏暗難辨……

而且氣勢洶洶地站在道路正中央。

那個人雙臂環胸，好像在緊盯著我……

「……啊～～嗯～～……」

總覺得……似乎遇到怪人了。

居然堂而皇之地站在車輛也會經過的街道上，感覺有點不好惹……

還是盡量不要跟這種人扯上關係，就若無其事地混過去吧……

所幸我跟對方之間有個岔路，於是我決定不動聲色地往那個方向閃避。

我裝出一副「我家在這個方向～～」的表情拐進轉角，正當我慶幸自己成功避開了那個人時——

「——等、等一下啦！」

剛才那個可疑人物卻往這裡跑過來。

而且那個女孩嗓音有點耳熟——

「……五十嵐同學？」

她是二斗在國中時就結識的好友，跟二斗同居，每天早上都會抱著二斗哀嘆不能一起上學，也是——畢業典禮那天，看到二斗失蹤的報導後驚慌失措的那個女孩。

是五十嵐萌寧同學。

「幹嘛逃走啦！虧我還在這裡等你！」

「不是，看到有人氣勢洶洶地擋在路上，當然會想逃啊！」

而且我知道妳很討厭我！現在我也恨不得馬上逃跑！

「哼……算了。對了，坂本，我有話要跟你說。」

「跟我說……咦，妳怎麼知道我叫什麼？」

「能知道的方法多得是，可以在ＳＮＳ搜索，也可以從對話中偷聽到。」

「……有夠恐怖。」

五十嵐同學居然是這種人……？是不是有點像跟蹤狂啊？

但如果只是要打聽名字，還是有辦法的吧……

「所以，坂本巡同學，四面道國中畢業，五月三十日出生，血型Ｏ型的坂本同學。」

「喂，妳真的嚇到我了！妳是怎麼知道這些事的！」

看到我被嚇壞的反應，五十嵐同學帶著不容分說的表情指著附近的公園。

「……跟我來一下。」

並用讓人背脊發涼的聲音這麼說。

「……咦～～」

難道我等一下會被她痛罵一頓嗎？

會不會逼我把二斗還給她？

不能跟二斗一起上學真的讓她記恨到這種程度嗎……？

＊

「——我跟千華從幼稚園就是好朋友了。」

「是、是喔……」

來到公園後，我們分別坐在鞦韆上。

五十嵐同學果然拋出了這個話題。

「連雙方家人的感情都很好，國小以後也都分在同一班，也經常在對方家過夜……換句話說，我們是彼此的死黨。」

「原來如此……的確有這種感覺。」

這個發展完全超出我的預期，我只能敷衍地答腔幾句。

其實我覺得五十嵐同學跟二斗很適合當朋友。

兩人在團體中的地位都偏高，懂得打扮，還是眾人目光的焦點，很受男孩子歡迎。從客觀角度來看，黑髮二斗和淺髮五十嵐同學的組合也相當合理。

「可是啊……」

五十嵐同學接著說：

「最近她開始跟你一起忙天文同好會的事，害我跟她有點疏遠了。你們早上跟放學後也一直在一起吧？」

「嗯～～是沒錯……」

「以前她明明會把這些時間分給我。」

「……喔。」

「我沒辦法接受。千華居然果斷地拋下我，跑去加入天文同好會，不再像國中時那樣陪著我。」

……果然沒錯。

二斗是我的朋友，請你閃一邊去。這就是她今天來找我的目的吧。

但我也沒辦法讓步，一定要兩個人一起招募才行。

畢竟二斗是主要成員，她如果被帶走，天文同好會就到此結束了。

可是從五十嵐同學的口氣也能感受到她對二斗真的很執著。

觀察身邊的人就會發現，偶爾會出現這種關係緊密的人，對彼此的占有欲更勝於普通朋友，看起來像相互依存的兩人關係。

老實說，我不懂為什麼要對朋友執著到這種地步。

我無法切身體會五十嵐同學如此拚命的理由。

「……妳為什麼對二斗這麼執著？」

為了找個折衷的辦法，我姑且一問。

「我知道妳們是死黨，但為什麼要黏成這樣？」

「……有很多原因啦。」

五十嵐同學低頭看向自己的皮鞋鞋尖。

「什麼原因？」

「……為什麼一定要告訴你？」

「呃，我得對妳們的關係更了解一點，才能找出雙方的妥協點啊。」

「喔，這樣啊。嗯～～……」

五十嵐同學沉默了一會，似乎在猶豫。

隔了大約三次呼吸的間隔後。

「……幼稚園的時候，我是個孩子王。」

她開始娓娓道來。

「該說是孩子王，還是凶巴巴地對所有人頤指氣使……」

「咦，妳在幼稚園就會做這種事喔……」

「我也覺得自己當時有點老成。其實我是很喜歡光之美少女，想當正統派的女主角，卻始終無法如願，結果就對其他人很惡劣。」

「……啊～～」

其實我懂她的心情。

明明想當正統派主角，卻覺得自己頂多只是討人厭的配角。

她居然在幼稚園就有這種自覺，真的非常早熟，但有這種感覺的人應該不在少數。

「當時千華本來在隔壁班，大班的時候我第一次跟她同班，而且我們馬上就大吵一架，她罵我太壞心眼了。可是吵了好幾次之後我就明白，啊啊，她就是我真正想成為的那種深受大家喜愛的人，她活出了我理想中的模樣……」

沒想到五十嵐同學是一旦開口就說個沒完的那種人。

說不定她很想將這些心裡話告訴別人。

然後——聽她說到這裡，我忍不住想說。

聽了二斗過去的軼事後，我不禁脫口說出——

「……唉，我懂～～……」

——這句話。

「啊～～……二斗早一步活出自己夢想中的模樣，這種感覺我實在太懂了……而且真的是透過腳踏實地的努力……」

不知不覺，我開始對五十嵐同學感同身受。

五十嵐同學說的每一句話都讓我產生共鳴。

這樣啊……原來在二斗面前會有這種感覺的人並非只有我……

「咦！你懂嗎！」

五十嵐同學瞪大雙眼。

「坂本，你也能理解這種感覺嗎！」

「嗯，當然當然。喏，比如發傳單，明明我也很努力在發，結果人都聚集到她那邊……這種事天天上演。」

其實往後的這三年，她也實現了夢想。

那種被困在她耀眼光芒下的感覺，我太清楚了……

「真的嗎？坂本……原來如此……」

「是啊。啊，抱歉打斷妳說話，後來怎麼樣了？」

「噢，對喔，呃……」

五十嵐同學像轉換心情般清了喉嚨。

「當我意識到這件事之後，某天唱遊活動時，我們碰巧在同一組，因為發表會練習需要兩兩分組，然後……我以為千華很討厭我，但完全沒這回事。她反而對我很好，就像她對其他人那樣。」

五十嵐同學抿了抿嘴脣，似乎有些害羞。

「所以……我有了一個念頭，我想跟她做朋友，想跟她變成死黨。」

「嗯～～原來如此。」

或許這就是命運的瞬間吧。

以為是宿敵的那個人竟用和善的眼光看著自己。

而且這件事是發生在幼稚園時期，自然對五十嵐同學的人格塑造產生了極大的影響。

隨後——她轉頭看向我。

用類似告白的語氣斬釘截鐵地說：

「所以——我想成為千華心中最重要的人。」

——像主角那樣。

她那直率的口吻就像故事中心的正統派女主角。

「我想好好珍惜她，也希望她把我放在心上。」

……這時我才徹底明白。我完全理解了五十嵐同學的心情。

因為我也是基於同樣的心情喜歡上二斗，並以各種形式對二斗的耀眼光芒充滿執著。換句話說，我跟五十嵐同學——是同類。

……既然如此——

既然她對二斗如此在乎——我能做的就只有一件事。

「……妳加入天文同好會不就行了嗎！」

我這麼說，共鳴感和「真心推薦」的情緒在我全身四處翻騰。

「五十嵐同學也加入嘛……！這樣問題就全部解決啦～～！」

不管怎麼想，這都是最佳解答。

五十嵐同學可以跟最喜歡的二斗在一起。

我們也可以找到新社員。

這樣就能解決所有問題，是雙贏局面。

而且在這種狀況下，能成為天文同好會第三位社員的人選，我覺得非五十嵐同學莫屬，只有同樣認識我和二斗的她才有資格。

「等、等一下！」

五十嵐同學不知為何有些慌張，揮手否定。

奇怪？我猜錯了嗎？難道她不想加入同好會？

「我的確也有想過！有考慮過要不要加入天文同好會！」

果然有嘛。

「但我想先了解你的為人！還有你的意圖！」

「我的意圖？」

「嗯。因為你……好像很拚命想讓同好會留下來啊。」

啊，這也難怪。

可見旁人也能一眼看出我的目標是努力找到社員。

「我不懂……你為什麼要這樣？難道是為了接近千華？那我……會很擔心耶。因為她很老實，你別用這種方法追求她啦。」

「不不不，我沒有那種意圖啦！」

我連忙搖頭否認。

「我是真的想當天文學家！所以想讓天文同好會留下來而已……」

「……咦？是嗎？」

五十嵐同學意外地歪著頭。

「從客觀角度來看，都會覺得你喜歡千華耶……」

聽到這句話……我對自己反射性拋出去的藉口感到後悔。

剛剛一來一往間，我下意識就否認「為了接近二斗」這個理由。

可是……這是騙人的。

我起初就是為了留在二斗身邊，才想讓天文同好會留下來。起初是抱著這種想法，那我就應該說出事實。

五十嵐同學是真的很珍惜二斗，我非常明白。

不只是因為她剛剛告訴我的那些話，還有畢業典禮那天，她得知二斗失蹤後痛徹心扉的慘叫聲。那是——只有真心在乎二斗的人才會發出的聲音。

「……對不起，我說謊了。」

我老實承認。

「我的確是為了跟二斗在一起，才會努力招募新生。儘管我是真的想當天文學家，但這一點也不能否認。」

「所以你……」

五十嵐同學盯著我的臉，表情意外地沉著冷靜。

「喜歡千華嗎？」

「……是啊，沒錯。」

我猶豫了一會，還是乖乖認了。

「我從很久以前就喜歡她了。」

——還忍不住補上這句多餘的話。

從很久以前。在這個時間軸，我跟二斗認識還不到一個月。

這句話明顯不自然，但我還是衝動說出口了。

「……這樣啊。」

不知是沒聽見還是誤會了什麼，五十嵐同學理解似的垂下視線。

「看來你真的很喜歡千華。」

「嗯……是啊。」

……啊～～感覺超級丟臉！

這是怎樣？冷靜想想，我為什麼要這麼認真地坦承自己的心意啊！

不，這種時候確實該承認啦！但我剛剛可是一臉嚴肅地說「我喜歡二斗」喔！感覺臉都快著火了！

然而就像我因這句話而感到無比羞恥一樣——

「……那我是不是不該妨礙你們？」

——這句話充滿了落寞。

五十嵐同學用帶著哭腔的嗓音這麼說，臉上卻露出笑容。

「如果你是真心喜歡，千華也不排斥……我加入同好會也只會給她添麻煩吧？」

——沒想到她會說出這種話。

我還以為她不打算壓抑自己對二斗的占有欲。

「……我也有自覺啦。」

五十嵐同學似乎也看透了我的心思。

她苦笑著說：

「我也覺得這種依存關係不太好，都已經是高中生了，我也該振作一點。」

這句話也讓我很意外。

她居然能這樣客觀地審視自己的行為……

「雖然我覺得不該勉強自己離開她，但我也不想黏得太緊，否則會越來越沉重。我不知道該怎麼辦……」

……我的心弦再次被觸動。

在過去被改寫之前，我從來沒碰過這種事。因為幾乎沒有朋友，根本沒機會傾聽同齡者的煩惱。

可是……原來如此。

原來看上去幸福快樂的同學，外表光鮮亮麗，感覺無憂無慮的女孩子，也當然會有煩惱啊。

所以說不定……我開始思考。

她在畢業典禮那一天，心中或許也有某些遺憾。

她或許也覺得自己還能做些什麼，或是這三年應該做些什麼。

「……那就嘗試看看新的關係啊。」

我帶著半分對自己訴說的心情，對五十嵐同學這麼說。

「不是依存關係，而是以能抬頭挺胸、和她並肩而立的關係陪在她身邊。就在天文同好會嘗試看看吧？」

五十嵐同學恍然大悟地睜大雙眼。

她直盯著我的眼神中帶著彩色隱眼的神祕色調。

這樣一看，我才覺得五十嵐同學的長相十分稚嫩。不像二斗那種符合年齡的長相，也不像長相偏成熟的真琴，她看起來也許頂多國中或國小。

這也讓我再次看見她的天真與純粹。

她愣愣地看了我一會。

「……唔唔唔。」

接著忽然低下頭，用力抓緊鞦韆的鐵鍊，發出痛苦的低吟。

「……真希望你是個渣男。」

「咦？喂，妳怎麼了……」

「啊？」

「真希望坂本是個豬狗不如的臭男人。」

「咦咦？為什麼啊……」

「因為這樣一來……」

五十嵐同學抬起頭，用盈滿淚水的雙眼直盯著我。

然後——她用不甘心到極點，卻又開心到極點的口氣呢喃：

「——我就絕對不能破壞你們的感情了嘛。」

Tomorrow,when spring comes.

明日，裸足前來。

#HADAKOI

第三話 chapter3

【Living just enough for the school】

「——所以，情況如何？」

「嗯～～沒什麼變。」

我久違地回到「現在」，畢業典禮隔天的社團教室裡。

聽我這麼問，坐在桌上的真琴冷冷地回答。

「五十嵐學姊確實也加入了天文同好會，但最後還是只有三個人，沒達到最低人數的標準。你們高二以後也一樣漸行漸遠，這次二斗學姊也失蹤了。」

「我想也是……」

我點點頭，久違地環視「現在的社團教室」一周。

「現階段是變成這樣啊……」

感覺很新鮮。

我在「三年前」待了將近三週，在這麼短的時間內，我就對「高一時的自己」再次熟悉起來。現在這種留長的頭髮和穿舊的制服，讓我有種不可思議的怪異感。

——在公園那件事之後。

如真琴所說，五十嵐同學也加入了天文同好會。

二斗似乎也很開心，和走進社團教室的五十嵐同學開心地尖叫、相擁，讓人看了會心一笑。我心中的百合大門好像要打開了。

但就像真琴說的，我們還是沒找齊四個人，未來自然也沒有改變……

「路途好像還很漫長呢。」

「是啊，不過……」

我拋了個開場白。

「我也因此釐清了好幾件事。」

說完，我在真琴旁邊的椅子坐下。

「釐清好幾件事？」

「嗯。首先是最基本的，果然還是我回到過去這件事。目前可以確定，只要我往返於三年前和現在之間，就能改變過去。」

原本只是猜測，但這次回到現在後，再次印證了這個事實。

這不是幻覺，而是真正的時間移動，我能回到過去改變事實。

換句話說——我可以拯救二斗。

這再次讓我感到精神抖擻。

「再來就是，不知道為什麼，真琴居然能理解我改寫過去後引發的變化。西上他們只有這個時間軸的認知，唯獨真琴連改變前的時間軸都記得。」

上次我也對這件事感到不解。

只有真琴的腦海中同時存在兩種記憶。看過西上的反應後，我發現這個現象只出現在真琴身上。

「這麼說來……的確是耶。」

真琴疑惑地皺起眉，將手環在胸前。

「為什麼呢……」

「我想……是因為我像這樣往返於過去和現在的那一瞬間，妳都在我身邊吧，雖然還沒有確切證據就是了。」

現階段能考量的因素只有這些。

但被她知道改變前的事也無所謂，我反而很慶幸她可以跟我商量。

完全靠自己的力量拯救二斗，感覺會很辛苦……

「……好，我也該回到三年前了。」

話題告一段落後，我對真琴這麼說。

「咦，你要回去了？不在這裡多留一會嗎？」

「嗯，我還是很擔心那邊的二斗，而且每次都讓妳陪我也很不好意思。」

「……噢，這倒是。」

要說的話，我此次回到「現在」的目的是「以防萬一的確認」，是為了搞清楚未來是否真的被改寫了，以及能不能確實回到三年前的社團教室。

再來是想知道具體有哪些改變。多了五十嵐同學入社這個大事件後，應該能看到比上一次更明顯的變化。而實際上——也確實得到了預料中的成果。

既然如此，我就該回去三年前了。

這時我忽然想起一件事。

「……但我又要彈鋼琴了，可能會造成妳的困擾。」

我對真琴笑著說：

「應該會花一點時間，但請妳多多包涵，我會盡量努力。」

「嗯，沒差。」

真琴冷冷地說。

接著她低下頭。

像在斟酌言詞般沉默了一會——

「……又要走了。」

——感覺她的嗓音裡帶著幾分動搖。

落寞又顫抖的聲音，一點也不像她。

「……怎麼了？」

我忍不住看向她低垂的臉龐。

真琴卻抬起頭，用平常那種冷冰冰的口吻說：

「沒什麼，你加油吧。」

「……？那就好……」

我點點頭，開始用指尖摸索音符，用五隻手指笨拙地拾起旋律。

但這種奇怪的感覺依舊揮之不去。

真琴為什麼會這麼落寞？看到我要回到過去，為什麼要發出悲傷的聲音？

而且……我跟她是不是有點生疏了？

以前那種親暱感是不是變淡了一些？

可能是我多心了吧。

可能只是因為太久沒見到真琴，忘了之前的感覺。

但短暫思考過後，我才終於察覺到。

——是不是因為過去改變了？

過去被改寫後，我跟西上變得熟稔，而且五十嵐同學也加入同好會，我得到的朋友比改寫之前還要多。

結果我是不是——把以往跟真琴相處的部分時間，分給他們了？

因為跟其他人變得要好，就跟真琴疏遠了——

……怎麼會這樣呢？

我一直很珍惜跟真琴相處的時光，真的可以像這樣在無形中改寫一切，說放就放嗎……

——但我還來不及繼續深究。

——眼前就被光芒籠罩。

隨後光點開始在黑暗中旋轉，速度越來越快。

看樣子——我成功彈出了旋律。

視野漸趨平穩，身體也慢慢找回重力——

「……呼。」

我回到了「三年前」的社團教室。

這個空間跟剛剛所在的「三年後」沒什麼不同，只是氛圍變得不太一樣。

總覺得五十嵐同學加入之後，這間教室的氣氛也明朗許多。

……不對，其實是因為她在這裡放滿了自己的東西，看起來比較熱鬧而已。
她放了一堆化妝品、鏡子、漫畫、遊戲，整間教室開始變得凌亂。
但除此之外，整體氣氛似乎也變得輕快許多，總覺得這是將二斗帶向美好未來的證明，因此我也暗自感到開心。
這時，走廊另一頭傳來某人奔跑的腳步聲。
「啪嗒啪嗒」的聲音聽起來非常興奮。
腳步聲來到社團教室前，大門被用力推開——
「……啊！他在，他在。巡！」
難得如此亢奮的二斗飛奔進來。
然後她順勢——
「你聽我說！」
「喔喔！」
狠狠往我身上撲過來。
不是，太誇張了！在寶可夢遊戲裡就是「效果絕佳」！
順帶一提，跟著二斗進來的五十嵐同學也啞口無言。這種場面連她都會被嚇到吧……
二斗卻不顧我們的反應，把室內鞋和襪子脫掉後接著說——

「就是啊，她看到我的影片之後跟我聯絡了！」

「誰啊？」

「minase小姐啊！」

——minase。

這個名字……我有印象。

在改寫前的世界，她也是徹底扭轉二斗人生的重要人物。

換句話說，她是二斗營救計畫中的關鍵角色——

「我、我跟你說！minase小姐是我很喜歡的作家。」

二斗坐在椅子上，雙眼閃閃發亮地繼續說道。

「她現在是女大學生，但高中時期開始經營的部落格很受歡迎。被她推薦的新人作家、音樂家或是漫畫家，都獲得了很高的評價，甚至有人用『minase流派』來形容這些創作者呢。」

「喔～～還有這種人啊……」

我回答得像是第一次聽說一樣，但當然早就知道了。

minase是二斗從以前就相當崇拜的人，類似評論家。

二斗的音樂喜好和品味，似乎都是源自於她的部落格。

而且——經過這次聯繫，兩人變得意氣相投。

之後ｍｉｎａｓｅ創立了個人經紀公司「INTEGRATE MAG」，成為二斗的經紀人，偶爾也會以創作伙伴的身分跟她一起活動。

「然後，ｍｉｎａｓｅ小姐在信件裡對我讚譽有加！」

二斗激動地操作手機，將信件內容拿給我看。

「我回信告訴她『我也是ｍｉｎａｓｅ小姐的粉絲！我都有在看妳的部落格！』之後，她就問我能不能見個面……真的像在作夢一樣！」

「千華從早上就一直在講這件事〜」

五十嵐同學懶洋洋地坐在椅子上，看起來一臉疲憊。

「我耳朵都要長繭了，拜託別再說ｍｉｎａｓｅ小姐的事了……」

「但我真的很開心嘛！」

二斗將手機抱在胸前，表情彷彿置身夢境。

我笑著回她：「這樣啊，太好了。」同時陷入沉思。

——在這個階段。

在ｍｉｎａｓｅ聯繫二斗的這個階段，完全看不出二斗之後會失蹤的徵兆……

感覺反倒像是幸福至極，對未來充滿期望！

順帶一提，在這個三年前的世界中，二斗在網路上的人氣也慢慢提升了。

第一首上傳到網路的自創曲播放次數已經破三萬了，前陣子上傳的第二首新歌又以更快的速度不斷累積播放次數。在消息靈通的音樂粉絲之間，甚至流傳著「樂壇好像出現了不得了的才女？」這種說法。

……不過，播放次數破三萬還是相當驚人。

居然有這麼多人在聽自己的歌，層級實在差太多了，我完全無法想像……

無論如何——

在未來某個時間點，二斗心中一定會慢慢出現問題。

最終導致她留下遺書人間蒸發。

既然如此——

「……哇～我也想跟ｍｉｎａｓｅ小姐見個面耶！」

我對二斗這麼說。

「經妳這麼一說我才想到，我也看過那個人的部落格，有點好奇她是什麼樣的人。」

「……咦，你有什麼企圖？」

聽我這麼說，二斗露出有點機車的表情盯著我。

「你是不是想見讀大學的姊姊？」

「不不不，才不是咧！我只是想跟她聊聊啦！」

只是為了預防萬一才接近她！

「而且我根本不知道minase小姐是什麼樣的人，怎麼會對她有企圖啦……」

沒錯，我對她根本一無所知。

minase是什麼樣的人？二斗之後會跟哪種人一起進行音樂活動？

所以老實說，我內心充滿警戒，做好了心理準備，因為視情況可能會演變成我對上minase的戰爭。

但替我解疑的人——

「……她超級漂亮。」

是不知為何滿臉嫌惡的五十嵐同學。

「一頭黑色短髮，身材又好，美得可以去當模特兒。」

「喔，真的啊……」

「而且我猜她住在附近，你搞不好有機會追她喔……」

「呃，我哪會因為這樣就去追她啦！」

再說，我喜歡的是二斗！五十嵐同學也知道這件事吧！

不過五十嵐同學對minase了解得很透徹呢，怎麼連住哪裡都知道……

「……五十嵐同學，難道妳也是從以前就在看minase的部落格？」

「沒有，我今天才第一次從千華那裡聽說。」

「那怎麼會這麼了解……」

「我在課堂上把部落格的每篇文章都看過了。」

「啊？」

「把這三年的文章全部看過之後，找到了她的住址跟本名。」

「……咦，好恐怖……」

根本就是網路跟蹤狂嘛。

不過，妳這麼在意二斗的交友關係嗎？之前不是說想戒除這種依存關係嗎……？但也可能是要慢慢獨立啦……

「總之，我先跟minase小姐說朋友也想跟她見面。」

二斗這麼說，將偏離的話題重新拉回。

「我只是先問問看喔，不知道她會不會同意。對了，今天還有另一件事要跟你們說。」

「哦？另一件事？」

「什麼什麼～～？」

一定跟招募社員有關吧。

招募期間只剩下一週。

也就是說，我們現在陷入了有點危險的狀況。

「我們平常都在這裡思考招生的作戰方式，但每次在規定的離校時間前都想不出什麼好點子吧？感覺沒辦法靜下心來思考。」

「對啊。」

「畢竟時間很趕嘛。」

「所以——」

二斗豎起食指。

「要不要來我家——思考今後的方針？」

她提出這個建議，臉上彷彿寫著：「這方法是不是很讚！」

「只在社團教室思考，時間也有限……所以假日來我家玩吧！」

＊

「——呃，你穿成這樣太離譜了吧。」

時間來到週末，我來到事先跟五十嵐同學約好集合的荻窪站前。

雙手環胸在站前等我的她，一看到我就如此嫌棄。

「只是去別人家，居然穿得這麼正式，我快瘋了……」

「啥！為什麼啊！」

看到五十嵐同學出乎意料的反應，我忍不住提出抗議。

「這可是第一次登門拜訪耶！搞不好還會見到她的家人……我當然要卯足全力啊！」

這裡是人來人往的站前圓環，在穿著各異的人群中，確實看得出來我這身裝扮是精心策劃的。

我急忙在快時尚的店舖買了襯衫和外套。

平常頭髮只會隨便抓幾下，今天卻用髮蠟整理得乾乾淨淨，還跟爸爸借了皮鞋。

雖然花了不少錢，但我一點也不後悔。

畢竟今天——可是我這輩子第一次去二斗家！

前幾天，我當然二話不說就同意了二斗的提議。

我……我想去二斗家！當然會想去吧！

畢竟在改寫前的那三年高中生活中，我一次都沒去過！

五十嵐同學自然沒理由反對，所以也同意了。因此我們現在才會約在這裡，準備去二斗家。

呼，她的房間是什麼樣子呢……

是不是有很多高質感家具，還有可愛的衣服呢……

我充滿期待，期盼的心情在心中無限膨脹。

滿腦子都是溫柔可愛又閃亮亮的想像……

「……唔哇。」

看了我的反應，五十嵐同學不知為何擺出一張苦瓜臉。

「坂本，你是不是在想千華的房間會香香的……」

「……！」

她怎麼知道！我有不小心說出口嗎！

「呃，你嘴上沒說，但徹底寫在臉上了……」

「……！」

這也看得出來？她會讀心術嗎！

而且還有另一個讓我在意的事。

「……是說——」

我轉頭看向五十嵐同學。

「我反而想問……妳為什麼穿著全套運動服啊？很像校外旅行的穿法……」

我不禁對她的這身穿著感到不解。

知名運動品牌的黑色運動服。五十嵐同學就是以這身運動風的裝扮在集合地點等我。

硬要說的話，她明明有特意打扮啊。化了地雷系妝容，還揹著必備的小學生書包，幾乎可以說是「荻窪〇愛」的風格，為什麼衣服這麼隨便……（註：《明天，我會成為誰的女友》的角色「高橋優愛」）

而且仔細想想，聽到二斗邀約去她家玩時，五十嵐同學的表情也變得有點難看。這是為什麼？有什麼隱情嗎……？

「……去了就知道了。」

五十嵐同學嘆了口氣並邁開腳步。

「你一看就知道我為什麼要穿成這樣了。好了，跟我來。」

「……喔、喔。」

五十嵐同學往二斗家的方向走去。

我也點了一下頭，跟在她後面走。

＊

「你們來啦！」

然後——我們來到二斗家，她的房間。

「歡迎歡迎～～當自己家！」

「……喔呼！」

我終於明白了。

看到在敞開門扉的另一頭等著我們的景象，我恍然大悟。

首先映入眼簾的是——堆積成山的衣服。

這不是比喻。不知道那些衣服洗過了沒有。

總之沒有摺疊的衣服都堆在床上，變成了一座山。

不只是床上而已，地上也有好幾件脫了就丟著不管的褲子和裙子，讓我懷疑自己是不是看錯了。看到喜歡的女生脫下來的裙子……感覺是讓人怦然心動的場景……我卻反倒覺得心如死灰，情緒頓時降到冰點。她的房間也太有生活感了。

除此之外，書籍、漫畫、資料等物品也散亂在房間每個角落。

旁邊的電子琴上積了薄薄一層灰，上頭的娃娃、時鐘和毛巾也擺得亂七八糟。

書桌也不遑多讓，有日拋隱眼的空盒、只剩下一邊的夾式耳環、原子筆、自動筆、橡皮擦等文具，還有看起來是錠劑的頭痛藥盒。

——房間有夠亂。

二斗的房間——真的髒得可以，如果拍照上傳到ＳＮＳ，可能會傳遍全網的那種程度。光是沒看到食物或飲料的垃圾，就該說是不幸中的大幸了嗎？

如果是同學……只看過二斗平常那種模範生模樣的同學來的話，搞不好會昏倒。要是被老師看到，可能會開除二斗的班級幹部職位。

即使身在這片凌亂至極的景象正中央——

「巡是第一次來吧～」

二斗還是開心地笑著。

「你可能是第一個進我房間的男生喔！感激涕零吧，因為你很特別！」

針織棉上衣配上寬鬆長裙，一身休閒打扮的二斗，露出跟景象完全不搭調的開朗笑容。

「喔、喔……謝謝……」

「順帶一提，我爸媽去工作了，不在家，姊姊去大學參加社團活動了，你不能因為這樣就想入非非喔！」

「……好。」

……她是在跟我開玩笑嗎？

難道是為了嚇唬我們，特地把房間弄這麼亂等我們上門？

沒錯，只有這個可能性！

能寫出那種細膩樂曲的二斗，房間不可能會這麼亂！

哈哈，那就可以理解了。一定是啦～～想也知道是在開玩笑！

待會她一定會馬上收拾乾淨，再開始討論今後的方針……

……我抱著這股希望。

「空間有點小，你們隨便找地方坐吧～～」

說完，二斗就用擦了指甲油的腳趾踢開地上的物品。

好不容易才騰出一個可以容納屁股大小的空間。

「……喔、喔。」

我終於接受了這個「現實」。

……原來如此，難怪五十嵐同學要穿運動服過來……

「那我就不客氣了……」

「……」

我跟五十嵐同學隔著一段距離坐下來。

啊～～該怎麼說……雖然二斗確實幫我們騰出了空間，但屁股碰到依舊散亂一地的包包或資料時，還是讓人坐立難安……

那房間主人要坐哪裡？地上已經沒有空間了耶……

我才剛這麼想——

「好～～那麼！」

說完——二斗豪爽地坐在床上。

她毫不猶豫地坐在那堆層層堆疊的衣服上面。

「第一屆——天文同好會作戰會議，正式開始！」

*

「因為這樣，我覺得之前那種方法很難在期限內找到人……」

「是啊。」

「嗯～～」

都難得來二斗家了——所以我們開會時也各自玩著房裡的東西。

我跟二斗在打電動，五十嵐同學在看漫畫，漫不經心地繼續討論。

「新生應該都知道有天文同好會了吧？發了那麼多張傳單，張貼星星小卡後也過了一段時間……啊，二斗！敵方的射手跑過去了！」

「ＯＫ，我去追。」

「但還是沒有人想加入，我認為只能換個方法了……」

回頭審視之前的招募活動，我覺得其實不差。

雖然是快要被廢社的同好會，還是成功吸引了許多目光。至少目前已經進步到幾乎沒有學生「不知道天文同好會」了。

只是就結果而言，新社員還是沒有增加。

實際入社的只有二斗的朋友五十嵐同學。

既然如此，就算繼續用一樣的招募方式，效果應該也不如預期。

「可是啊～～」

五十嵐同學嘛起嘴脣，一雙眼依舊盯著流行的青年漫畫。

「具體來說要怎麼做？要如何讓其他人比之前更感興趣？」

「……嗯～～我來自彈自唱？」

對敵方射手補上致命一擊後，二斗若無其事地繼續說道：
「喏，管樂社跟輕音社都是靠演奏吸引人潮的吧？如果我們也用那種引人注目的方式，可能還有機會吧？」
「咦～～！」
五十嵐同學抬起頭。
「感覺不太好耶，應該只會吸引到對千華有意思的人吧？拜託別讓那種人進來！除非是我認可的人，否則誰也別想接近千華！」
五十嵐同學理直氣壯地大放厥詞，根本超想把二斗占為己有嘛。
這個人真的打算摸索自己跟二斗的新關係嗎……？
「……對了，巡。」
二斗接受了五十嵐同學的反對。
她將擦著指甲油的雙腳交疊，看著我問：
「你有什麼想法嗎？跟之前不一樣的招募方式。」
「這個嘛……」
畫面中的比賽正好結束，於是我先放下控制器。
我姑且想了幾個點子。

昨晚我在家裡想破了頭，好不容易才擠出最終想法。

只是……

「有是有啦，但感覺有待商榷。該說難度有點高嗎……」

不是很有自信。跟二斗製作的傳單或星星小卡相比，感覺就差臨門一腳。

如果要執行這個點子，大概會非常「辛苦」。

「但也沒辦法吧？又沒有其他點子了。」

「……也對。」

二斗說得也沒錯，再繼續煩惱下去也無濟於事。

「呃，那我說明一下……」

我還是沒什麼自信地開始說明下一個招募方法。

「就是——去招募跟之前完全不同的學生族群。」

*

之後，我們還是在二斗家耍廢。

一邊打電動一邊討論，不知不覺就快晚上六點了。因為快到晚餐時間，我們決定解散。

「那你們路上小心喔～」

「好……反正也想到方法了，就慢慢試試看吧。」

「下星期見。」

說完這些後，我們離開二斗家，踏上歸途。

「——有什麼感想？」

走向車站的途中，五十嵐同學這麼問我。

「踏進暗戀對象的房間，卻看到現實後有什麼感想？你老實說……是不是覺得百年的戀情也會瞬間幻滅？」

「……對啊。」

我的確被她的房間嚇得不輕。

我一直以為女孩子是更特別的生物。

可愛、聰明又耀眼，放著不管也會很完美，跟男孩子不一樣。

如今——我才明白這是幻想。

我終於體悟到女生這種生物其實跟我們一樣，會弄亂房間、懶得洗衣服，還會一直不想打掃。

結果就是——

「……我好像反而變得更喜歡她了。」

「……啊？」

「感覺看到了她真實的一面……」

沒錯，我理解的方式有點奇怪。

我確實被嚇到了，但因為對方是二斗，看起來依然耀眼。我是這麼想的。跟我一樣都是普通人的二斗，能成為那麼了不起的音樂家，能寫出優美動人的旋律，讓我十分感動……

她不是異世界的存在，是跟我活在同一個世界的同齡女孩。事到如今我才切身體會到這個理所當然的現實，愛意也在我心中瞬間扎根成長。這是我的感想。

可是——五十嵐同學好像無法理解我的感受。

「什麼……不會吧……」

她做出前所未有的驚嚇反應。

「……喜歡髒亂房間的男人，我真的沒辦法……」

「才不是這樣！」

我急忙大喊。

「我看的是更正常的面向！應該說看到她私底下的那一面，讓我更了解她了……」

「喔，是嗎……」

五十嵐同學的表情看起來依舊懷疑。

到底多不相信我啊。她對我的偏見是不是太嚴重了……？

「……算了。」

她把視線從我身上移開，輕輕嘆一口氣。

接著自言自語般嘀咕：

「總比因為房間髒亂就對她心冷的人好多了……」

*

然後——時間來到隔週。

「——我們是天文同好會……」

「……社團教室在南校舍四樓喔。」

「請參考看看……」

我們照先前討論的結果嘗試新的招募方法——卻失敗了。

週末我在二斗家提出的招募方法，從一開始就徹底失敗。

證據就是我們細如蚊蚋的聲音。我們是用接近氣音的音量進行招募活動，之前招募時的活力彷彿是假象。

在聚集了各年級教室的北校舍。

我們所在的位置是校舍三樓——「二年級」教室前的走廊上。

「有興趣的話……務必參考看看～」

「天體觀測很有趣喔……」

「單純來耍廢也可以喔……」

……真的快丟臉死了。

「這群人是怎樣？」「怎麼會來找我們啊？」——在高二生的疑惑視線中發傳單，真的很不自在……

——我提出的點子就是去招募高年級生。

社團進行招募活動時，基本上會鎖定當年度的新生。

其實我們原本主要也是在一年級的鞋櫃前面發傳單、張貼星星小卡。

所以反過來說——如果是二年級以上……

如果是沒被招募過的高年級生，或許有機會找到想要入社的人。想到這個方法後，我們立刻補印傳單，像這樣在上學時間前來到高年級生的樓層。可是……

「……請參考看看。」

「……麻煩看一下。」

「拜託……」

——結果只是紙上談兵。

以為找高年級生就能順利解決，根本是痴人說夢。

傳單完全發不出去。

二年級生應該沒想到會有社團來招募吧，紛紛對我們拋出疑惑的眼神，完全不肯收下我們發的傳單。

……太辛苦了。

沒想到招募二年級生會這麼辛苦……

他們明明沒有對我們採取高壓態度，但光是身在一群高年級生當中，就讓我膽戰心驚。

我已經想回家了。好想回家泡個溫熱的澡、打打電動，鑽進柔軟的棉被裡，舒服地睡一覺……

二斗和五十嵐同學似乎也有同感，連模範生模式的二斗都一臉尷尬地壓低音量，五十嵐同學的臉色也越來越蒼白了。她真的沒事嗎？感覺好像會當場昏倒耶……她在畢業典禮的時候也昏倒了……

「唉……」

……看來是瀕臨極限了。

我看著時鐘嘆了口氣。

再過不久就是規定的到校時間，準備打預備鈴了，我們也該撤退了吧……？

我們確實已經走投無路，但也沒空把時間浪費在無效的招募方法上。畢竟這十分消耗社員的心力，這時候該選擇戰略性撤退吧……？

我才剛這麼想時。

「──你們在幹嘛？」

有人跟我們搭話。

是充滿穿透力，魄力十足的男中音。

我循聲望去。

「同好會在招募社員？怎麼會來找我們二年級？」

──眼前是一張熟悉的臉孔。

剪短的髮型；陽剛端正的五官；緊實高挑的身材；眉間的皺紋。

還有渾身上下散發的強者氣息。

「……啊，六、六曜學長！」

我忍不住大喊出聲。

「好、好久不見！」

六曜春樹學長。

就是之前我跟真琴在談話時，來找我們攀談的凶悍男子。

這位六曜學長來向我們搭話，身後還跟著一群有點壞壞的現充男孩，應該是他的朋友。

平常我應該會瑟瑟發抖，一句話都說不出來。

或是嚇到只能尷尬賠笑吧。

但在這種被逼入絕境的狀況下，被認識的人上前搭話反而讓我鬆了一口氣。

「那個，我們是想找人加入同好會啦……」

我用這種方式繼續說道：

「可是傳單完全發不出去，真的很傷腦筋。我們要再找一個人加入才不會被廢社，卻一直找不到那個人……」

我滔滔不絕地說著。

我跟他只見過一次面，這種態度可能太親暱了，但這點程度應該還行吧，畢竟我們有交換聯絡方式。

「是喔，你們走投無路了？」

六曜學長用隨意的口吻這麼說。

但他百思不解地看著我的臉。

「只是……好久不見？我們之前也沒有交集吧？」

……

……

……

——啊啊啊啊啊啊啊啊啊啊啊啊！

完蛋！我搞砸了！

我跟他在這個時間軸根本沒接觸過！

跟我說過話的是「三年後」，已經從這間高中畢業、升上大學的六曜學長！

太大意了！因為招募太辛苦了，害我心靈受創，失去冷靜的判斷力！

……怎麼辦！

我待會要怎麼圓場！

我快想想辦法啊！這時候就該徹底活用平常都在休眠的腦細胞！

「……奇怪，咿嘻嘻，我們之前沒說過話嗎？」

經過（〇點一秒的）深思熟慮，我口中迸出這句台詞。

「對不起，可能是我搞錯了……不，那個，我很崇拜六曜學長……呃，以前也經常在腦海中跟你模擬對話……嘻嘻嘻！」

——太噁心了！

為什麼要捏造出這種噁心的設定！看吧！五十嵐同學已經嚇壞了！二斗也用不敢置信的表情看著我！

六曜學長也不知該做何反應吧！他搞不好會丟下一句「給我閉嘴」再揍我一拳……！

事到如今，我才渾身發抖。

我做好會被他海扁一頓的心理準備，下意識繃緊身子。

可是——

「——啊哈哈，這傢伙是怎樣？」

六曜學長——居然開心地哈哈大笑。

「絕對是騙人的吧，但還滿好笑的。」

……奇怪？我撐過來了？

剛剛犯了那麼致命的低級失誤，我居然靠那種藉口撐過來了……？

沒想到六曜學長心胸這麼寬大……？

「這樣啊，總之是同好會在招人吧，我知道了。」
說完，六曜學長從我手中抽走一張傳單。
「加油吧，如果有適合的人選，我也會幫你們介紹。」
「啊，真的嗎……謝謝你……」
我低頭致謝，六曜學長就帶著伙伴們往走廊另一頭走去。
可是，他說有適合人選會幫忙介紹……咦，真的假的？
學長他……真的會幫這個忙嗎……？
我覺得……他應該找不到吧。在那些現充當中，絕對不會有人想加入天文同好會，但真的可以讓他幫到這種程度嗎……？
……話雖如此，他一定是出於善意才會這麼說，所以我也沒理由拒絕。
有這句話就夠了，我決定心存感激地接受他的好意。
六曜學長，真的很感謝你……

＊

然後——以這天為契機，我們的招募活動有了一百八十度大轉變。

有人來了。

幾乎每天都有人來社團教室參觀。

「喔～～這裡就是春樹說的天文同好會啊。」

「天啊，居然有這種社團教室，我都不曉得！」

「這是什麼時候的地圖啊～～？是不是在我出生前啊？」

有好幾個高二學生成群結隊地來到社團教室，應該是六曜學長的朋友。感覺他們對天文同好會的活動有點好奇，興致勃勃地看著望遠鏡和星座盤。

咦？六曜學長真的幫忙介紹了……？

為什麼……？就像混混都對自己人很好那樣？

無論如何，這確實是大好機會，不能錯失良機。

所以我們——卯足全力接待這些人。

「是呀，目前只有我們三個人！」

「哎呀～～你們也可以自由活動喔！」

「我是會認真做點天文相關的活動，但也可以盡情耍廢！」

坦白說，這些學長姊大部分都是我以前沒交流過的類型。長相帥氣，打扮時髦，感覺閃閃發光，全都是活潑開朗的人，跟六曜學長本人很相似。

跟這種人說話，會讓我無條件緊張起來，有種不知該說是自卑感還是劣等感的心情，怎麼樣都無法自然地跟他們說話。

其他社員似乎也有點跟不上這個變化。

「是，謝謝你！」

「我們每天都有活動！」

「今天還沒開始，但也在考慮要不要做天體觀測！」

首先——二斗的表現也跟平常不太一樣。

她平常在社團教室都光著腳，有點懶散地打發時間，現在卻把襪子跟室內鞋都穿上了，還用我一看就知道是裝出來的假笑接待學長姊們。

這是怎麼回事……二斗明明是想找個可以悠閒耍廢的地方才會來這間社團教室，這樣不就本末倒置了嗎……？

再來是五十嵐同學。

因為她本身也是偏陽光開朗的類型，可以用比我更自然的態度和他們聊天。

可是每次結束當天的活動後——

「那個學長一定是衝著千華來的……」

「總覺得那個人最後會跟千華合不來……」

「我真的沒辦法接受那種嗨咖……」

她都會戒心滿滿地對來參觀的學長姊一一品頭論足，還會獨自用手機記錄下哪個人可以，哪個人不行。

「所以妳到底是什麼意思……不是想戒掉依賴二斗的習慣嗎？」

因為實在看不下去，我趁二斗不在的時候偷偷問她。

「這、這應該不算依賴吧！」

五十嵐同學慌張至極地如此主張。

「當然要關心社員之間合不合得來啊！」

「那妳會關心我跟那些學長姊合不合得來嗎？」

「……」

「不要這麼明顯地別開目光！」

總之發生了很多類似的事，讓我耿耿於懷。

但現在當然沒空猶豫這些，我跟她們都努力振作精神，繼續跟學長姊推銷，把所有擔憂都拋到腦後。

經過幾天激烈的最後衝刺後。

招募期間終於只剩下四天了——

*

「——結果根本沒人加入……」

在久違只有三人的社團教室內。

我意志消沉地喃喃自語……

「明明有那麼多學長姊來參觀，結果完全沒人入社……」

情況居然變成這樣。

目前沒有半個學生向天文同好會提出入社申請。

到頭來，社員還是我、二斗和五十嵐同學三個人。

體感上來說，感覺還滿有希望的。畢竟大家真的都對活動感興趣，雖然學長姊們的類型不太一樣，大部分給人的印象都滿好的。

可是……為什麼呢？

他們說的都只是客套話嗎……？

「算了算了，這也沒辦法吧？」

二斗久違地變回光腳模式，對我苦笑著說。

「我覺得大家都是真的感興趣才會過來參觀，他們的說詞聽起來也不像客套話。」

「應該說，高二才加入同好會還是不太容易吧。」

五十嵐同學也雙臂環胸沉吟一聲，接著說了。

「過了一年的高中生活，生活型態已經固定下來。事到如今，沒特別感受到魅力的話，很難會參加其他活動吧？」

「啊～～這樣啊……」

這個說法讓我頻頻點頭，覺得心服口服。

「來參觀的那些學長姊，放學後應該都過得滿充實的，現在也不方便再加入同好會的活動吧……」

他們應該都不是每天悠閒度日的那種人。

過去他們放學後都會和朋友出去玩、打工、約會或認真讀書。花一年養成的習慣，事到如今確實很難說改就改也說不定，更何況是為了加入這種冷門的同好會。

這時，有人敲了敲社團教室的門。

喔……又有人要參觀嗎！這或許是最後的機會了……

我這麼想，並回了聲：「請進～～！」

從視野一角能看到二斗慌張地穿起襪子。

可是——

「嗨。喔，你們在啊～～」

走進教室的人——是六曜學長。

一如往常魄力十足的言行舉止，充滿磁性的低沉嗓音。

「奇、奇怪？你今天怎麼會來？」

我不解地問道。

「有什麼事嗎？」

我不經意往旁邊一瞥，看見二斗把穿到一半的襪子又脫下來。

咦，在這個人面前可以擺出耍廢模式嗎？

她的選擇標準是什麼啊……？

「不是啦，只是覺得有點抱歉。」

六曜學長坐上附近的椅子，搔了搔頭。

「我那些朋友都有來參觀吧？但事後打聽過才知道好像所有人都沒加入。抱歉，讓你們費了那麼多工夫。」

「咦？唔咦！千萬別這麼說！」

沒想到六曜學長會道歉，害我嚇得半死。

「六曜學長不必道歉啦！」

「有這麼多人來參觀，我們反而很感謝你。」

「如果你沒幫忙，現在搞不好連參觀的人都沒有……」

「嗯～但我以為至少會有一個人加入，他們放學後果然都很忙。」

「是啊……」

學長露出苦笑，我也用同樣的表情答腔。

「我們現在正好也在聊這件事。」

「感謝你們的體諒，他們其實都不壞啦。那你們同好會之後要怎麼辦？招募時間剩沒幾天了，你們要努力到最後一刻嗎？」

「嗯～～這個嘛，確實還要再加把勁啦。」

我環起雙臂，開始思考。

我們只剩四天可以招募社員，如今可以說是走投無路的狀態。

但現在幾乎無計可施了，之後應該也想不到適合的作戰對策。

「只能抱著垂死掙扎的覺悟繼續拚拚看了……」

我面露苦笑，對六曜學長這麼說。

「事到如今也無計可施，只能咬牙苦撐……」

也只能這樣了吧。

只能抓住最後一絲希望，腳踏實地走下去。

連這樣都失敗的話……該怎麼辦呢？只能再想其他方法來進行二斗營救作戰了。

「嗯，這樣啊。」

六曜學長點點頭，交疊起那雙修長的腳。

可是……沒想到這個人很適合待在這間社團教室呢。

之前來參觀的那些人都有種格格不入的感覺，宛如華麗的人來到不起眼的場所，總覺得不太協調。

可是六曜學長完全沒有這種感覺，他的一舉一動都充滿協調感，反而像待在這裡才是理所當然。

為什麼呢？從客觀角度來看，他應該跟這種地方超不搭啊……

「對了，你們為什麼這麼想守住天文同好會？」

六曜學長忽然好奇地這麼問。

「前陣子你們還來找二年級的人，感覺很拚耶。在今年的社團招募活動中，你們看起來也是最認真的。就對星星這麼有興趣嗎？」

「……嗯，啊哈哈。」

對喔，確實會覺得不可思議吧。

所以我忍不住笑了出來。

「呃，不是這樣啦。我們各自都抱著有點不純的動機，才想守住這裡……」

「哦？什麼動機？」

六曜學長用好奇的眼神看向二斗和五十嵐同學。

「呃，我……其實想用鋼琴自彈自唱。」

二斗先如此坦承。

「我會把自創曲拍成影片上傳到影音平台，所以我想在這裡拍攝。」

「喔，那邊確實有一台鋼琴。對了，妳是用什麼名字上傳影片？」

「英文字母的ｎｉｔｏ。」

「ｎｉｔｏ啊……」

說完，六曜學長就拿出手機點按，搜尋影片。

接著按下播放鍵，用手機喇叭放出音樂。

「哇，觀看次數五萬耶，真厲害，歌也很好聽。」

他好像真的很喜歡二斗的歌。

六曜學長繼續放著音樂。

「那妳呢？」

並轉頭看向五十嵐同學。

「為什麼想守住天文同好會？」

「嗯～～啊～～……」

五十嵐同學有些猶豫地低下頭。

卻又下定決心似的抬起頭說：

「我希望可以跟她……跟千華建立新的關係。」

「咦？我嗎！」

二斗嚇得杏眼圓睜。

她應該是第一次聽說，忽然聽到這種話當然會嚇到。

「嗯。那個，我們的感情一直都很好吧？我把千華當成死黨，我知道妳也一樣。」

「嗯……」

「可是啊，我覺得自己最近依賴妳的方式變調了。我會嫉妒，不喜歡妳沒把我放在第一位，也常常覺得這樣算是一種依存……可是跟妳保持距離，又讓我覺得很痛苦，不知道該如何是好。」

說到這裡，五十嵐同學看向我。

「然後，坂本就問我要不要加入天文同好會，待在妳身邊慢慢建立新關係就好……」

這時，五十嵐同學的表情忽然變和緩。

「所以……對啊，我也希望能守住這裡。」

「……這樣啊。」

二斗有些靦腆地低下頭。

塗了指甲油的腳趾不安分地動呀動。

「原來妳是這麼想的……」

……喔喔，這兩個又在打情罵俏，我真的差不多要進百合坑了……

「……我……」

最後，我也接在她們後面說道：

「我應該是唯一想認真觀測天象的人。那個，我以後想當天文學家，所以想從現在多接觸天文活動，打下基礎……而且——」

這時我稍作思考，不經意地補上一句：

「我也有想守護的東西……也想為此而努力。」

嗯，果然還是得談到這一點才行。

因為有這兩個原因，我才能拚到這一刻。

我在過去的高中生活中留下了遺憾，為了不重蹈覆轍，我這輩子第一次卯足全力過著每一天。

在這時偷偷暗示這一點沒有意義，但以我的心情而言，我覺得一定要說出口。

——這時我忽然發現。

二斗她——一直看著我。

那雙漆黑眼眸帶著如亮粉般的細碎光芒。

她用那雙眼直直盯著我，彷彿要看穿我的所有心思——

……咦，什麼？

為什麼要那樣看我……？

我說了什麼奇怪的話嗎？呃，我這麼做確實有點透露出隱藏設定的感覺……

「哦～～這樣啊，那我也加入天文同好會吧。」

不過……就算我真的透露了，她的反應也太奇怪了吧？

我只說了「有想守護的東西」，她有必要死盯著我嗎？

我覺得這句話沒透露出什麼特別的含意啊……

「我加入之後，就能達到最低人數了吧？」

啊，難道她誤會我了？

比如，把那句話誤解成了「我想守護五十嵐同學」？

是不是以為我喜歡五十嵐同學，才會想盡辦法幫她跟二斗維持關係？感覺很有可能耶。

「怎麼樣？如果你們不排斥，我想加入你們。」

那就糟了。

我從頭到尾都只喜歡二斗一個人。

如果讓她產生誤會，可能會阻礙戀情的發展，那絕非我的本意。

我是不是該解開這個誤會啊……

……

……

……嗯？

剛剛好像有人說了無法置若罔聞的話……

六曜學長好像在我陷入沉思的時候，丟下了震撼彈……

我暫時放下思緒，回溯幾秒前的記憶。

「——那我也加入天文同好會吧。」

「——我加入之後，就能達到最低人數了吧？」

「——怎麼樣？如果你們不排斥，我想加入你們。」

「……咦，唔咦咦咦咦咦咦！」

我忍不住大叫出聲。

同時從椅子上摔下來。

「六曜學長！你要加入天文同好會嗎！真的假的！」

「反應太慢了吧……」

六曜學長苦笑著嘀咕了一句。

「你是醞釀了多久才叫出來的啊？嚇死我了。」

呃，不是，我的反應當然會慢半拍啊！

忽然聽到你說這種話，腦袋當然需要一點時間處理吧！

「你、你是認真的嗎！」

「認真的啦。怎麼樣？沒關係吧？」

「……那個，我是沒差啦。」

二斗似乎跟我一樣驚訝，用確認的語氣這麼說。

「我猜大家應該都贊成吧……」

二斗看向我和五十嵐同學。

我們同時用媲美音速的速度點頭同意。

這個發展……確實令人意外。

雖然還是有點懼怕六曜學長，但這陣子我對他的印象有了一百八十度大轉變。他雖然長相凶悍，卻很重情義，對我們這種人也能一視同仁。

既然如此，就沒有理由拒絕。

反而該瘋狂感謝他幫我們解除這場危機。

「但六曜學長為什麼要加入？我還沒搞清楚狀況……」

「啊～～嗯～～這個嘛，其實我是憑直覺啦，沒有想得太複雜……」

六曜學長雙臂環胸，露出沉思的表情。

「未來我想創業。雖然爸媽要我繼承公司，但我還是想跟伙伴一起開創事業。」

「哇，創業……」

而且爸媽還要他繼承公司……

現實中真的有這種像連續劇主角的人……

「不過，這樣就要跟各式各樣的人一起工作吧？不只是朋友，還有類型不一樣的人，但我身邊只有跟我個性類似的人。」

「啊～～這倒是。」

六曜學長的朋友全都是活潑開朗的人。

如果要創業，不能只靠這些伙伴吧。

「所以我想跟不同類型但可以信任的人一起做些什麼，可是我其實不知該從何下手，也完全沒有門路。所以看到你們在招募社員、去找你們搭話的時候，我就有點心想或許可以跟這些人試試看。你們的類型跟我完全不同，態度卻很認真，所以……」

說著，六曜學長站起身，對我們露出爽朗的笑容。

「如果能讓我成為你們的伙伴，我會很開心。你們意下如何？」

我們三個——當然非常歡迎六曜學長。

並在同好會社員名單的第四欄寫下他的名字。

於是，天文同好會成功召集到最低人數，真的保住了——

＊

當天晚上，我躺在床上回想至今的種種經歷。

在尚未改寫的高中三年中，每一天我都留下了痛苦的回憶。

沒想到——居然能像這樣徹底翻盤。

光是全力以赴，就能讓情況變得如此不同……

「我到現在還覺得不太真實……」

我嘆了一口氣，因為螢光燈太過刺眼而閉上眼睛。

我看著殘留在眼瞼後方的虹光殘影，茫然思考著。

二斗、五十嵐同學、六曜學長。

如果跟過去的我說我跟這些厲害的伙伴因為同好會有了交集，我一定不會相信吧。我現在也覺得自己在作夢。

不過——嗯，這的確是現實。

我在第二輪高中生活的每一天，都過得比之前好太多了。

「……不過真的很驚險耶。」

招募時間只剩四天。

如果六曜學長沒加入，天文同好會一定會走入歷史。

但我們不僅在最後關頭解除危機，和根本沒站上起跑點的第一輪相比可說是天壤之別。

或許真的能拯救二斗。

我們或許能邁向截然不同的未來。

這固然令人欣喜——但我更感到訝異。

沒想到我能努力到這種程度，所以不到一個月的時間就讓情況產生這麼大的轉變——

——放在枕邊的手機震動起來。

不停發出嗡〜嗡〜的長震動。

這種不熟悉的震動感……是電話！

我急忙抓起手機，就看到螢幕上顯示著「二斗千華來電」這行字——

「——喂、喂？」

『喂，不好意思，忽然打給你。』

我連忙將手機壓在耳邊，另一頭傳來二斗的聲音。

『你破音了耶，在睡覺嗎？』

透過Ｗｉ－Ｆｉ傳來的高品質音效。

在耳邊聽到這道聲音，讓我覺得有些心癢。

「啊啊，沒有沒有，我只是在發呆，因為措手不及才嚇了一跳……」

『是嗎？那就好。你現在方便講話嗎？』

「嗯，當然可以……」

怎麼了，她找我究竟有什麼事？

在尚未改寫前的交往時期，我的確也跟二斗講過幾次電話。

比如約見面的時候，還有暑假跟家人一起回鄉下的時候。

但跟一般情侶相比，我們用手機通話的機會還是很少，我也有點在意她刻意不這麼做的理由。

『太好了，同好會好像能保住。』

二斗先拋出這個話題。

『沒想到六曜學長願意加入，真的讓人鬆了口氣。謝謝你這麼拚命。』

「別這麼說，彼此彼此啦。我才要感謝妳願意幫忙。」

『小事一樁啦。』

說完，二斗那邊的聲音忽然參雜了一個悶聲。

從她的嗓音也能感受到她換了個姿勢。

……難道是在翻身嗎？

她跟我一樣躺在床上？

……我忍不住怦然心動。

我試著想像她在遙遠另一頭的房間裡，躺在床上的模樣。

呃，但二斗的房間真的很亂，衣服一定堆積成山，實際畫面可能沒這麼美觀。

可是——躺在床上的二斗的聲音，卻帶了幾分慵懶的性感。

二斗似乎馬上聽出了我內心的動搖。

『喔，怎麼忽然不講話了？』

「……啊，沒有！」

我太過驚慌，忍不住放大音量。

「呃，是沒有到那麼誇張啦，可是，那個……」

『難道……』

二斗的聲調愉悅地往上揚。

『你想像我躺在床上的畫面，小鹿亂撞了嗎？』

——完全猜中了。

精準到連我都被嚇到的程度。

我大吃一驚，全身都飆出汗，也知道自己變得面紅耳赤。

可是——我在短暫思考後冷靜下來。

「……呃，其實妳猜對了。」

我做了個深呼吸，對電話另一頭的她笑著說：

MELON
GUM

「我小鹿亂撞，沒辦法好好說話了。」

『……咦？』

「因為妳太可愛了，只是跟妳講電話就讓我坐立不安。」

『……咦、什麼……』

隔著手機也能感受到二斗無比嬌羞的模樣。

『拜、拜託你否認一下啦……』

沒錯，二斗就是這種人。就算自己先拋出玩笑話，不小心被對方肯定後，會害羞得不得了。

我們還在交往的時候，我常常這樣逗她玩。

從體感上來說，這是暌違一年以上的互動，讓我十分懷念，眼淚差點奪眶而出。

「哈哈哈，抱歉抱歉，開玩笑的啦，我只是在逗妳。」

『……咦～～！什麼啦！有點生氣耶！』

「我跟妳道歉嘛！」

『搞什麼～～！聽到這種話真的不知道該怎麼反應耶！』

二斗生氣地說了聲『討厭～～』之後。

『巡有點那種感覺耶，好像很會應付女人。』

「咦……有嗎？」

『因為第一次在社團教室見到你，我不小心跌倒的時候，你也伸手攙扶我了吧。我覺得能做到這種事的男生不多喔。』

「啊……」

原來如此，這麼說來是有這回事。

要對算是初次見面的異性伸出手，難度確實有點高。

可是對我來說，二斗是「前女友」，所以我不是很會應付女人，只是「很會應付二斗」而已。

『所以總覺得你在玩弄我，讓我很不甘心。』

「對不起，我沒有這個意思……」

『真的嗎……啊，對了。』

二斗忽然想起什麼似的喊了一聲。

『既然覺得抱歉，那可不可以告訴我一件事？』

「好啊，妳想問什麼？」

『巡……你說有想守護的東西吧？』

——心臟跳得飛快。

『那是什麼？你是不是為了某個不能對我說的理由，才想保住天文同好會？』

……她果然很在意這件事。

我無意間脫口而出的那句話，不小心透露了某些端倪。

我該怎麼回答？

隨口敷衍？捏造其他理由？這是最安全的做法嗎？

可是……

「……對不起，以後我會告訴妳的。」

我想了一會後這麼回答。

「因為很重要，現在還不能說，但往後應該有機會能告訴妳。妳願意等到那個時候再聽我解釋嗎？」

不知怎地，我不想對她說謊。

在第一輪的那三年，我總是不肯正視自己的心情，總是對周遭和自己說謊，所以這次我不想重蹈覆轍。

尤其是這種非比尋常的重要大事。

而且——不為別的，就為了二斗千華。

『……喔，這樣啊。』

二斗的聲音聽起來有些遺憾。

眼前浮現出她噘起嘴脣的模樣。

『好吧……既然你以後會告訴我，那就無所謂。我心中也有幾種猜測就是了。』

「真的假的，妳能猜中嗎？」

『我覺得可以喔～～』

不不不……很遺憾，我覺得妳應該猜不中喔。

怎麼可能猜到我是為了救妳，才從三年前回到這裡的呢？

『……啊，對了對了，我打給你是為了其他事情啦。』

「咦，怎麼了？什麼事情？」

『上次提到的那個作家，我跟她說了你的事。』

「……啊、噢，minase小姐嗎？」

之後會變成二斗工作伙伴的女大學生作家。

最近都在忙社團招募，我忘得一乾二淨，不過確實有這回事。二斗就要見到她了……

『對對對，我預計明天會跟那個人見面。minase小姐好像也對你有點好奇。』

「……咦，真的嗎？」

『所以她說——請務必跟她見一面。』

*

「沒想到你們也住在附近呢。」

離我跟二斗家最近的車站，是JR中央線的荻窪站。

在車站旁的復古咖啡廳中，m·inase小姐看著我們微微一笑。

「我住在西荻窪，走路就能到這裡了。」

——她的確是個大美人。

黑色鮑伯短髮；彷彿藏著銀河的美麗雙眸；薄透的嘴唇和晶瑩剔透的臉蛋。

她那沉穩的舉止很適合這間私人經營的小店，可以理解五十嵐同學為何掛保證了。

只是——我更覺得不可思議。

「應該說，我好像有點緊張……」

m·inase小姐這麼說，又露出天真無邪的笑容。

「畢竟我沒什麼機會跟現任高中生見面……」

在站前碰面後過了幾分鐘。

我覺得——m·inase小姐的形象很多變。

有時看起來像穩重理智又敏銳的女人，有時又像年幼天真且有點冒失的小女孩。嗓音、神情和口吻都變來變去，讓人難以捉摸。

其實跟從部落格感受到的形象差不多。

因為要實際碰面，我事先把她的部落格大致看過一遍了。她的文字、介紹的領域、看待作品的方式都很多元，甚至讓我覺得不是只有一個人在經營。

所以有段時期，世人曾猜測「ｍｉｎａｓｅ」是不是團隊的名字，認為不是單人經營，實際上是集結了好幾位作家的團隊。

不過……像這樣親眼見到本人後，感覺很奇妙。

對這個人來說，像這樣變換表情、大幅變化嗓音，或許都是很正常的事。

……但人或許都是這樣。

二斗也是，在班上的她、社團教室裡的她、身為音樂家的ｎｉｔｏ個性完全不一樣。順帶一提，我玩第一人稱射擊遊戲時人格也會改變。

「——那麼再次跟二位打聲招呼，我是ｍｉｎａｓｅ。」

說完，ｍｉｎａｓｅ小姐將名片遞給二斗。

現在的ｍｉｎａｓｅ小姐是一本正經模式。

「我在大學期間也會經營部落格，之前妳也提過會去看我的文章。這個經歷讓我有機會在其他網路媒體撰寫評論，也會在次文化風格的活動中上台演說。雖然暫時冠著『作家』的頭銜，但我也有很多想做的事，比如支援創作者等等。」

「我、我從國中就在看妳的部落格了！」

二斗的情緒非常亢奮，說得相當起勁。

「應該說，我的音樂啟蒙就是在ｍｉｎａｓｅ小姐的部落格看到妳介紹的那首歌，反覆聽了好幾次，才奠定了我的音樂基石……」

「咦～～好開心喔！」

ｍｉｎａｓｅ小姐頓時容光煥發，變得有些稚氣。

「妳這麼喜歡啊！太感謝妳了……能聽到讀者說這種話，果然是最開心的事……」

「不，別這麼說……啊，我也先自我介紹吧……我叫二斗千華，高中一年級，平時以ｎｉｔｏ這個名字用鋼琴自彈自唱。」

二斗說到這裡，兩人都把視線轉向我。

啊，我也該自我介紹嗎？我只是個不重要的配角耶……

「呃，我叫坂本巡，跟二斗同班，也都是天文同好會的成員。」

「喔喔，坂本同學。」

ｍｉｎａｓｅ小姐盯著我的臉。

「你們是同一個同好會，所以……坂本同學也會使用有鋼琴的那個教室嗎？」

「是啊，她都在社團活動結束後拍影片，我會在旁邊看。」

「咦～～好羨慕喔～～！」

minase小姐這麼說，此時依舊是天真模式。

「我也好想現場聽二斗同學的曲子喔……對了，雖然現在才說，我也會看二斗同學的影片。嗯，有種隔了好久終於發現驚為天人的原石的感覺，所以真的很想跟本人見面。」

「啊啊……天啊，我快要喜極而泣了。」

如二斗所說，她的眼睛開始變得淚汪汪。

「而且我想給妳一個提議，所以想知道妳的生活型態……又有哪些朋友。」

「咦？提議嗎……」

二斗驚訝地瞪大雙眼。

喔，原來如此，其實我知道這個提議的內容。

因為改寫前也發生過同樣的事。今天過後，二斗就將盡情展翅翱翔，躍升為更有名氣的音樂家。

對二斗的未來而言，和minase小姐見面就是如此舉足輕重的關鍵。

但有個地方跟之前不一樣。

這次我也在場。

當然，在過去改寫前，我從來不會干預二斗的音樂活動。如果能有效利用這個差別，改變失蹤的結果就好了……

「我剛剛也提過了。」

minase小姐切換回正經模式，繼續說道：

「往後我想為創作者提供支援。現在網路上有很多有才華的年輕人，但又必須自行處理伴隨創作而來的雜事，有些人甚至覺得麻煩。不僅如此，志向相同的創作者們也很難聚在一起，這也是個問題點，畢竟目前沒有一個組織，可以讓在創作路上感受到共鳴的人們彼此幫助。」

……啊～～確實有這種問題。

原本由知名唱片公司或演藝經紀公司負責的這些事，網路上的創作者必須自行處理。這樣雖然有其優點，但也會遇到很多辛酸吧。

「換句話說，這樣會讓某些另類文化圈很難生存。我認為之前是雜誌在負責這些事，但喜歡這些文化的創作者和受眾，就很難在網路上創作或找到喜歡的作品。」

「嗯嗯，我懂我懂。」

二斗頻頻點頭稱是。

「我喜歡的人也都在不同領域活動，沒辦法透過一個共通點找到他們。」

「對吧。」

她們似乎深有同感，但我的理解速度漸漸有點跟不上。

「所以——我現在要在各領域廣召喜歡的創作者，創立一個幫忙策畫活動的團隊。類似一種多媒體廠牌，支援音樂、小說、漫畫、影片等在各種媒體進行個人活動的創作者。」

「噢，感覺不錯耶。」

身為m·i·n·a·s·e的粉絲，二斗似乎贊同她的想法，表情頓時明亮起來。

「我身為創作者自然很感激，但身為受眾也同樣慶幸……m·i·n·a·s·e小姐推薦的創作者風格都很一致，我可能也會很喜歡。」

「謝謝妳，有妳這句話我就踏實多了。順帶一提，廠牌名稱也確定了，『INTEGRATE MAG』，取自『整合性雜誌』這個含意。而且，我接下來要說的才是正題。」

m·i·n·a·s·e小姐直盯著二斗的眼睛。

直截了當地說出這句話：

「二斗同學——妳要不要當我旗下的第一位創作者？」

＊

——我回去跟父母商量看看！

面對minase小姐的邀請，二斗給出了這個回答。

嗯……看也知道她開心得不得了。一看就曉得她已經興奮到就算被父母反對，也執意要加入了。

而且實際上——在我原本所在的未來，二斗也加入了INTEGRATE MAG。

之後她的粉絲立刻暴漲，評價也越來越好，變成了國民歌手。

在這過程中，INTEGRATE MAG也成為法人，簽下了小說家、漫畫家、直播主、時尚設計師等創作者，變成提拔才華新銳的集團公司。

……原來這就是一切的起點。

聽著minase小姐和二斗的對話，我不禁心想……

對日本文化帶來重大影響力的活動，就是從這裡發跡的啊——

——時間來到現在。

大致談完後，二斗現在去了趟洗手間——

「……」

「……」

——好尷尬。

我跟minase小姐被留在座位上，覺得尷尬至極。

咦，我是不是該說點什麼……？

跟二十幾歲的大姊姊單獨相處時，該聊什麼話題才恰當？

化妝品？服裝穿搭？還是戀愛話題？我毫無頭緒。

說起來，我跟年紀相仿的女孩也聊不起來，自然沒辦法跟年齡有差距的女性好好聊天。

因為閒著沒事做，我拿起杯子想喝口咖啡，但杯子裡早就空了，所以嘴裡發出「嘶嘶」這種吸入空氣的愚蠢聲音。

我偷偷瞥了minase小姐一眼，只見她一臉嚴肅地低頭看著桌面。

陷入沉思的那張臉看起來聰明伶俐，彷彿在進行某種創作，反而讓我更加膽戰心驚。

……不過冷靜想想，我是不是很礙事啊？

兩人談要事的時候有第三者介入，應該是非常白目的行為吧……？

這股不安讓我背上冒出幾滴冷汗。

「……其實……」

minase小姐忽然開口。

「我今天也想跟坂本同學聊一聊。」

「咦？跟我聊？」

「嗯，聽了二斗同學的歌以後……我最先感受到的就是她那驚人的才華和卓越的感性，同時……」

她的視線遊移不定，彷彿在斟酌言詞。

「……也感受到某種難以觸碰的纖細面。」

「……嗯，我懂妳的意思。」

二斗的曲子裡確實藏著這種感覺。

在班上的模範生二斗，在社團教室裡最真實的二斗。

與其用「纖細」形容，她的每種形象更適合「清廉」或「直率」這些詞彙，但從她的歌曲中卻能隱約體會到另一層面向的細微感受，說白一點就是脆弱。

因此三年後，世人對二斗的印象才會變成「難以捉摸的天才」。

「所以這種女孩……太過感性的女孩，一旦將歌曲公諸於世，心裡當然會產生極大的負擔。因為這樣一蹶不振的創作者，我看過太多了。」

ｍｉｎａｓｅ小姐啜飲了一口咖啡。

「我希望二斗同學不會走上這條路。」

──這個人的心思真敏銳。

ｍｉｎａｓｅ小姐說得沒錯，三年後的二斗真的「一蹶不振」，留下遺書，從我們面前消失了。

現在誰都預測不到未來會變成這樣吧，連二斗會變成舉國皆知的音樂家都無法想像。可是只有ｍｉｎａｓｅ小姐這個人……在現階段就發現了這個徵兆……

「為了避免這種事發生，我當然會全力支持她，也會負起責任……但該說是私人關係嗎？我認為她跟學校朋友之間的相處也很重要。」

然後——她看著我說：

「你們現在在交往嗎？」

「……不，我們沒有在交往。」

如此直接的提問讓我頓時語塞。

「那是普通朋友？」

「啊啊，嗯……目前是啦。」

「……呵呵。」

聽我語帶含糊，ｍｉｎａｓｅ小姐笑了笑。

接著她將手肘撐在桌面，用看著小狗的表情問我：

「……你喜歡她吧？」

我忍不住嚇了一跳……不過，原來如此。

她當然會發現吧，畢竟我連這種事都要插手。

而且——我認為現在應該把這件事老實告訴她比較好。

我想盡可能參與二斗的創作，也想在minase小姐心中留下某種程度的強烈印象。

「對，我喜歡她，所以才會干預到這種程度，不好意思。」

「哎呀，沒事沒事。」

minase小姐搖搖頭，感覺莫名興奮。

「因為這種事也會讓我很開心。坂本同學，我會為你加油喔，感覺你是個好孩子。」

「嗯，謝謝妳……」

minase小姐點了頭，不經意將視線瞥向店內某處。

我也跟著往那個方向看，發現二斗正好從洗手間走出來。

「剛剛那些話要保密喔……」

minase小姐將食指抵在唇上，開心地這麼說。

「希望我們能一起成為二斗同學的助力……」

「是啊。」

我們對彼此點點頭，露出微笑。

「一起成為她的助力……」

……老實說，我對這一切還是毫無頭緒。

現在每天都在我身邊的二斗，以及她未來踏上的「失蹤」這條路，這兩種形象存在著巨大的隔閡。其實我現在還是不懂她為什麼會變成那樣。

所以……往後一定能發現到。

二斗在心中藏著什麼，她所體會的痛苦、煩惱和絕望，我都要知道得清清楚楚。我要親眼目睹過去不曾見過的那一面。

雖然我十分憂心，也不確定自己是否能承受這一切。

但至少——我身邊還有這樣的伙伴。

這麼一想，肩上的重擔似乎減輕了一點。

＊

「——這些就是今年天文同好會的成員。」

隔天在教職員辦公室。

在招募期間結束的前兩天，我把資料交給班導千代田老師。

「這樣就湊齊四個人，明年也可以繼續留下來了吧，再麻煩您確認。」

——我交出的這張申請表……

為防萬一，今天早上我們在社團教室集合，全體確認過這份資料，上頭寫著天文同好會所有人的名字。

二斗千華、五十嵐萌寧、六曜春樹，以及坂本巡。

這樣一來——就跨越一大難關了。

往後我應該就能繼續陪在二斗身邊。

或許可以成為她的助力。

雖然沒有特定的對象，但我想炫耀一番。即使是這麼沒用的我，只要努力，也能改變人生。

這可能是我人生中第一次切身體會到這件事。

「……喔。」

看著申請表上的這些名字，千代田老師有些愉悅地說：

「我有點驚訝，你居然能找到這些成員，連二年級的都有……」

千代田老師笑了起來，那頭鮑伯短髮也跟著晃動。

順帶一提，從現在高一到高三，這個人都是我的班導。我這種生性散漫、喜歡偷懶的人會覺得她很嚴厲，但她更是最能理解學生的老師，班上同學都對她十分信任。
此外，她現在三十歲，去年生下雙胞胎後請的育嬰假剛休完，她就從西荻窪的高中調任到了這間學校。
「嗯，資料沒問題。」
說完，千代田老師神情欣喜地看著我。
「辛苦你了，以後我也會為你們的活動加油。」
「謝謝您。」
「那活動實績報告呢？」
「嗯？實績？」
「對啊，同好會從去年截至今年的活動報告。」
千代田老師這麼說，打開辦公桌抽屜，拿出學生手冊。
「你看這邊，校規裡也有寫吧？同好會的存續條件。」
——這時，我臉上開始失去血色。
校規中明確記載了同好會的存續條件……
「截至憲法紀念日的前一天，社員必須超過四人。須在上年度至該年度期間，具備下列活動實績：『曾以本校社團或同好會名義參加比賽』、『曾舉辦過等同於研究成果發表的活動』。」

——我僵在原地。

看到我一句話都說不出來，千代田老師的表情也黯淡下來。

然後——她壓低聲音試探似的問：

「……難道你，沒準備嗎？」

我無話可說，只是輕輕點頭。

——今天是四月三十日。

憲法紀念日前一天是五月二日，離截止期限只剩兩天了。

Tomorrow,when spring comes.

明日，裸足前來。

第四話 chapter4

【始終難以忘懷】

#HADAKOI

——放學後，所有人都來到社團教室。

我懷著緊抓救命稻草的心情，開始確認去年的社團日誌。

可是——我翻了又翻。

不管打開多少本新的筆記，上頭寫的全都是日常瑣事。

「——不行。」

我低聲咕噥，嘆著氣闔上筆記本。

「去年果然什麼都沒做，沒有發表會，也沒參加比賽……」

我以為可能還有一絲希望。

目前需要的是去年四月到現在的活動實績。

這樣一來，就是我們不在的那一整年……我以為學長姊可能有做些什麼，可能有舉辦過稱得上是發表會的活動或參加比賽。

可是——這個希望很快就破滅了。

至少去年一整年，這間高中的天文同好會完全沒有可以當作實績的活動。

我們在學期間也是同樣的態度，自然沒資格抱怨就是了。

「可惡，怎麼辦啊……！」

儘管如此，我焦慮地猛抓頭髮。

「要怎麼從現在開始做出活動實績？而且我應該跟大家道歉，都是我不夠謹慎……」

是啊——全都是我的錯。

因為我想留下同好會，才把大家都牽扯進來。

我卻沒有仔細確認存續條件？簡直太離譜了。

在改寫前的高中生活中，我確實沒有餘力確認人數以外的條件，甚至沒有認真招募新社員，只有「找不到四個人就會廢社」這種淺薄的認知。

但是——不，正因如此。

既然知道自己理解得不夠透徹，第二輪就該先確認這件事。

「你不必道歉啦。」

二斗坐在她的老位置鋼琴前面，語帶關切地這麼說。

「你才剛入學，怎麼可能知道這些事。而且我也太依賴你了，自己也沒有確認……」

「……抱歉，其實我知道需要活動實績。」

六曜學長露出比誰都自責的表情說道。

「我朋友之前想創辦同好會時，我就知道有這個條件了，但我沒有留意到這一點，還以為天文同好會一定有點實績……」

「那也沒辦法啊，學長才剛加入沒多久嘛……那要怎麼辦？」

五十嵐同學咬唇看著大家。

「我們現在該怎麼做……？」

「不然今天晚上趕快來觀測天象？」

六曜學長從椅子上起身，走到天文望遠鏡前面說：

「這個還能用吧？那我們今晚就用這個觀星，彙整在筆記本上交出去。」

「不，我覺得校方不會接受……」

我還不肯放棄，在同好會的備品櫃一邊翻找一邊回答。

「需要足以對外發表的那種研究成果……」

「不、不然這樣吧！」

五十嵐同學從口袋裡拿出手機。

「我現在來查今天晚上有沒有舉辦類似的比賽！雖然不知道有沒有天文學的比賽，說不定……」

「我也姑且查過一遍了，不過沒有，雖然本來就幾乎沒有天文學的比賽啦……」

順帶一提——如果是前年以前……

我確實有找到去年以前的天文同好會舉辦過幾次發表會的紀錄。

比如校慶。

比如社團招募期間。

甚至是運動會。

天文同好會找到可以發表的機會時，就會在社團教室展示，或把整間教室變成星象館，有時候還會在運動會幫忙製作加油板。

學長姊就是用這種方式守住了這間社團教室和同好會。

可是——這個傳統到去年就中斷了。因此，我們四個才會像這樣被迫留在這裡，不知該如何進行活動。

「……可惡，怎麼辦啊？」

我癱坐在櫃子前拚命動腦思考。

「要怎麼從現在開始做出實績啊……」

我試著在腦海中設想各種可能性。

臨時辦個發表會、自己舉辦比賽，甚至是捏造活動實績這種極端的做法。

可是——每種方法都不夠確實。

如果計畫失敗，不但沒辦法交給老師，被抓到偽造的話，說不定還會被罰在家禁足。

所以我在鴉雀無聲的社團教室裡，繼續思考接下來該怎麼做。

一股令人窒息的沉默籠罩著社團教室。我在這間教室待過這麼久，但這種感覺可能是第一次。

充滿放鬆怠惰氣氛的空間，跟緊張感扯不上邊，就像窩在棉被裡面。

這才是天文同好會的社團教室。

可是現在——此處卻充斥著緊繃的氣息。

我甚至覺得難以呼吸，拚命動腦思考。

然而——不知道沉默持續了多久。

不知是缺氧的關係，還是思考過度。

當我的視野逐漸開始迸射出火花時——

「……算了，已經無計可施了吧？」

——有人這麼說。

「嗯，沒辦法啦，大家也很努力了。」

聲音主人——二斗的表情有些哀戚。

同時又露出暢快的爽朗笑容看著我。

「……什麼意思？」

我小心翼翼地問。

「妳現在……是想放棄嗎？」

「……嗯，對啊。」

二斗點頭，露出苦笑。

「要不要直接放棄算了？」

「不，說不定還有方法……」

「有嗎？考量到剩下的時間，應該很難吧。」

二斗說得很輕鬆，口氣彷彿是平常在閒聊。

——不敢相信她會說這種話。

我記憶中的二斗是永不放棄的女孩子。

不論是作曲碰到瓶頸，或是在網路上被莫名謾罵的時候，她都會堅強地繼續創作。她在訪談中也說過，雖然她遭遇過不少挫折，還是會鼓舞自己坐回鋼琴前面。

這樣的二斗——居然說「很難」？

這句話是認真的嗎……？

她輕輕清了喉嚨。

「我啊……真的很感謝。」

她像這樣繼續說道。

「感謝萌寧、六曜學長，尤其感謝巡的付出。」

她蹲在我面前，要窺探我的表情似的歪著頭說：

「你一直都很努力，為了保住同好會，總是第一個站出來拚命思考。途中當然會遇到很多不如意的事，也遭遇過失敗，可是巡，真要說的話，你平常不是這麼努力的人吧？你應該比較喜歡每天悠閒度日吧？」

「……嗯，是啊。」

居然被她察覺到這麼多……

我本來不想在她面前表現出這一面。

二斗可能真的很會觀察別人。

「你卻這麼努力。萌寧和六曜學長之所以會入社，也是因為你吧？如果沒有你的努力，我甚至沒辦法像這樣充滿期待。所以我真的很開心，謝謝你做了這麼多。」

說到這裡——她看著我的眼睛。

「而且你之所以這麼拚命……」

藏著深邃永恆的那雙眼眸，直直貫穿了我。

「……一定也是為了我吧？」

二斗直截了當地這麼問。

「你當然也是為了自己，但一方面也是考量到我的立場才為我這麼努力吧？」

——她怎麼會知道？

二斗為什麼連這種事都能察覺到？

因為本人也留意到這一點，讓我找到了一絲救贖。

我好想老實承認，想承認這麼做是為了救妳。

可是我——沒有回答。

犯下這種低級失誤，辜負眾人期待的我，沒有點頭承認的權利。

「所以已經夠了……就放棄吧。我們四個人就盡量開心地度過剩下的時間吧。」

——這一瞬間，我試著想像這麼做的後果。

不再堅持保留同好會。

忘掉活動實績這些事，我們四個人在這間教室裡度過剩下的日子。

這的確是個不錯的選擇。

就算同好會確定廢除，今年還是可以進行活動。真要說的話，之後我跟真琴也會擅自使用這間社團教室，像這樣跟社員們建立起友情，未來的發展說不定也會有些許改變。

不一定會落入真的無法拯救二斗的後果。

「所以啊，巡。」

二斗再次露出笑靨。

「已經夠了，放棄同好會，之後就自由自在地過吧。」

「——我不會放棄。」

我幾乎是在無意識的狀態下給出這個答案。

「抱歉，但我還是不想放棄。都已經拚到這一步了，怎麼能因為我的失誤就此結束……

我不要。」

「這又不是你的錯！」

二斗猛地起身。

「我們四個人都沒有確認到這一點！大家都有錯！」

「可是！」

我反射性地大喊出聲。

我第一次這樣反駁二斗。

「我還沒辦法放棄！我還想繼續思考自己能做些什麼，直到最後一刻！」

——我回想起讓情況演變至此的最初契機。

回想起改寫前的高中生活，以及畢業典禮那一天——

二斗失蹤，當時湧上心頭的那份後悔與絕望。

因為我放棄了——才會導致那個未來。

過去這三年我一直沒有下定決心，放棄了一切才會發生那種事——

我一直以為努力需要才能，現在或許也是如此。

可是——我已經不在乎了。

如果我現在放棄，二斗可能又會失蹤。

這種可能性若能減少百分之一，我就要掙扎到最後一秒。

——我必須拚命掙扎。

「所以對不起……我還要再思考一下。」

「……巡。」

回過神才發現……二斗傻傻地看著我。

不管是改寫前的那三年，還是正在改寫的現在，我都沒見過她這種表情。

她愣住了，但又跟平常發呆的樣子不一樣，感覺很不可思議……

「……咦，怎麼了？」

我忍不住擔心地問。

「我說了什麼奇怪的話嗎？還是臉上沾到東西了？」

我常常會發生這種事……講正事的時候忽然流鼻水，認真思考的時候，嘴脣卻被便當的油沾得油亮亮的。

但我現在沒空在乎這些小事。

在這個節骨眼，我哪有心思注意外表……

「……沒、沒什麼。」

二斗咳了幾聲後才回答，像在掩飾什麼。

「只是被你嚇到了……」

「……這、這樣啊。」

聊著聊著，鐘聲傳遍校舍。

這是……告知必須離校的鐘聲。

當這個鐘聲響起，學生就不能繼續留在校舍了——

「——沒辦法，今天先回去吧。」

我起身對所有人這麼說。

「今晚我會再想想辦法，明天大家一起執行，後天應該來得及提交給學校。所以……」

我揹起書包。

依序看向五十嵐同學、六曜學長和二斗後——

「——希望你們能助我一臂之力。」

*

「——話是這麼說，實際上該怎麼做啊……」

走在回家的路上。

在逐漸昏黃的天空下，我無精打采地走在住宅區中，嘆了口氣呢喃：

「真的想不出任何方法了……事到如今，到底要怎麼做出活動實績……」

抬頭一看，夕陽已漸漸沉入西側的住宅區。

最近覺得白天變得越來越長。

小學時，都覺得一年的時間漫長到永遠過不完，但現在升上高中後，應該說早就過完一輪高中生活後，我覺得三百六十五天真的轉瞬即逝。

所以三年也只是三倍而已。

現在我才終於體悟到，要在這麼短的時間內徹底改變未來有多困難。

「……啊，要不要回到未來去想？」

我忽然想到這件事。

「先回到三年後，這裡的時間就會停止……要不要在那邊好好想一想？」

嗯，理論上應該可行。

既然想不出辦法，就在那邊待到想出來為止，說不定還能找真琴商量。

想出好點子之後再回來這裡，就不會有時間落差。雖然無法改變只剩一天的事實，但也不會一直卡關，直到時限過去才對。

不過……

「……但學校已經關了。」

今天我已經沒辦法回到未來了。

「要彈鋼琴只能趁明天一大早，感覺時間太緊湊……」

想著想著，我也走到家門口了。

我家是一棟老舊的獨棟住宅，從荻窪站走過來大概要十五分鐘。

我打開玄關門說了聲：「我回來了～～」客廳就傳來回覆。

「啊～～你回來啦～～」

這個聲音是瑞樹吧。瑞樹是小我一歲的妹妹，今年國三。

她有點呆呆的，個性不拘小節，在我這個哥哥看來算是沒什麼防備的女孩子。我忽然有股衝動想找她商量今天的事，問問她對於做出活動實績有什麼意見……但她應該給不出有建設性的建議。

沒辦法，還是按照原定計畫，今晚一個人拚命思考吧。

想著想著，我脫下鞋子走過走廊，來到客廳前面。

像平常一樣拉開拉門。

「啊～～累死我了～～……」

還發出像大叔一樣的聲音時……

「——打擾了。」

卻聽見這個聲音。

是家人以外的嗓音，如銀鈴般悅耳。

仔細一看——「她」正坐在沙發上。

成熟端正的五官，嬌小纖瘦的身材。

打理得品味十足的短髮，顏色不是金色而是黑色。

我第一輪高中生活的伙伴——

「……真琴！」

芥川真琴——就在我眼前。

「咦？是、是啊……我是真琴。」

「什麼，妳、妳怎麼會在這裡！」

被我這麼一問，真琴用疑惑又膽怯的眼神看著我。

「呃，我來找瑞樹玩啊……你怎麼會知道我的名字……？」

「……」

啊、啊啊啊啊啊！對喔，糟糕！我又搞砸了！

她說得沒錯，真琴本來就是我妹妹瑞樹的朋友。

她才會像這樣來家裡玩，跟我越來越熟……考進我就讀的高中後，馬上就跑來天文同好會打發時間。

而且……沒錯。

這傢伙的確是在這段時期才第一次來家裡玩……

我為同好會忙得焦頭爛額，完全忘了這回事……

「噢，那個……瑞樹！我常聽瑞樹提到這個名字！」

我努力擠出藉口解釋。

「而且她常常用手機給我看妳的照片……好像嚇到妳了。啊哈哈，對不起！忽然喊妳的名字……」

「是喔，原來如此……」

真琴嘴上這麼說，卻還是一臉懷疑。

連瑞樹都來幫倒忙。

「什麼～～我有跟哥提過真琴嗎……？」

她用平常那種呆呆的口氣這麼說，疑惑地歪著頭。

「我記得也沒讓你看過照片啊……」

「哎喲～～妳有講過啦！之前有說過啊！我記得是……」

「有嗎……」

抱歉，妳哥現在在撒謊。可是情況緊急，請妳原諒我……

「……啊，時間很晚了呢。」

真琴抬頭看向時鐘，露出驚覺的表情。

「我該回家了。」

「啊啊，嗯，那我送妳回去～」

「啊，那我也一起去吧，天色也暗了。」

從這裡走到真琴家大概要十分鐘。

雖然距離不遠，但太陽也下山了，兩個國中女生走在路上還是有點危險。

真琴一臉不解地看著我。

「……謝謝你。」

並如此低喃。

＊

「——然後啊，島村一直拖拖拉拉～」

「趕快告白就好了啊，他們一定是兩情相悅啦。」

我看著嘰嘰喳喳聊個不停的兩人，走在昏暗的住宅區。

周遭的家家戶戶都傳來電視聲和煮飯的聲音，這些聲響混在一起，配上春天的香氣，讓我回想起自己的國中時期。

「可是，牧野跟他搞曖昧的時候還跟其他男生玩在一起，我真的快看不下去了～～」

「真不想看到修羅場，我們班的感情算滿好的耶。」

瑞樹和真琴的對話完全展現出兩人的分工。

瑞樹會跟真琴抱怨近期的事，真琴適時回覆，大概是這種感覺。

但在國中階段，會遇到要不要告白的困擾嗎……？

我國中的時候身邊根本沒有這種話題……難道大家都在我不知道的地方談情說愛或接吻嗎……？

……不過……

「對了，說到我們班，真琴對這次換座位有什麼想法？」

「嗯～～我覺得還可以啊。」

我明白瑞樹想跟真琴聊這些話的心情。

真琴身上有股氣質，會令人想聊「難以接受」或「不甘心」的事。當然也會想告訴她「順利」或「開心」的事，但在受傷或困惑的時候，真琴總是有足夠的氣度，願意站在傾聽者的立場苦笑著對我們說「真的很傷腦筋呢」。

她從國中時就是這種性格，一點也沒變。

現在她也對瑞樹露出有些為難的笑容。

「而且瑞樹，妳的座位反倒比之前更接近窗邊，也跟錦很近嘛，這樣一想，是不是覺得好多了？」

「啊～～被妳這麼一說，感覺好一點了。事情確實沒有我說的這麼糟……」

聽了真琴的話，瑞樹露出心服口服的表情。

真琴，真不好意思，一直以來妳都得聽坂本兄妹吐苦水。

她和瑞樹雖然上高中就分開了，之後卻要聽我抱怨整整兩年。往後還請妳繼續關照坂本一家……

就在此時。

「……對了。」

我忽然想起一件事。

「欸，真琴。」

「怎、怎麼了？」

忽然被我這麼一喊，真琴嚇得回頭看來。

對喔，現在我的立場只是朋友的哥哥。抱歉，嚇到妳了。

「我也可以跟妳商量一件事嗎？」

我想找她聊一聊。

想跟眼前的真琴聊聊我現在的狀況和困擾。

我當然不確定她會不會馬上想出解決對策，要國中生立刻想出扭轉劣勢的好點子，反而有點困難吧。

儘管如此——我覺得這樣可以讓我釐清自己的思緒。

真琴過去跟我聊了幾十個，甚至幾百個小時，感覺光是跟她聊一聊就能看到一線生機。

「咦？嗯，是可以啦……」

真琴依然一臉不解，但還是點頭同意。

她的警戒心很強，有時還會擺出不屑的態度，但基本上算是個濫好人，就像現在這樣。

「謝謝妳……呃，我現在加入了天文同好會，但眼看就要廢社，所以我正在努力想辦法讓同好會存續。」

「喔，同好會……」

「其實我後天就得做出『活動實績』提交給學校，必須參加比賽或是對外發表研究成果，但兩邊都來不及準備。」

「……咦，兩邊都來不及嗎？後天就要交出去了耶。」

「是啊……」

我點點頭，頹喪地垂下肩膀。

看到真琴微微瞪大眼睛，我也切身體會到「果然從客觀角度來看也會這麼覺得吧～～」

「確實不太容易吧～～」這種感覺。

「可是……我想努力守住同好會。」

我再次挺直背脊，繼續說道。

「所以我想努力找出方法。真琴……妳有什麼好主意嗎？」

「咦～～嗯～～……」

真琴將手環在胸前，露出思考的表情。

「參加比賽或成果發表啊。對了，所謂的發表是讓外界看到你們的活動成果就好嗎？」

「對啊，應該是。」

「這樣啊，那……」

——真琴用若無其事的態度……

用彷佛在說「正常人都會想到這種方法」的輕鬆口吻——向我提出「某個點子」。

「……怎麼樣？啊～～但你們已經討論過這個方法了吧？」

真琴有點沒自信地搔搔臉頰。

「那還有其他方法嗎……感覺應該有——」

「——真琴！」

我忍不住——緊緊抓住她。

用我的手用力抓著她的雙手。

「就是這個！應該行得通！」

「咦！喔……」

真琴先是大吃一驚，之後眼神茫然無助地四處游移。

對不起，又嚇到妳了！但我實在喜不自禁！

「還好有找妳商量！不愧是真琴，太可靠了！」

「是、是嗎……太好了……」

我已經高興到一不小心就會抱緊她的程度。

呃，我當然不會抱啦。萬一真的抱了，感覺會被真琴或瑞樹送進警察局。

可是——我真的非常感激。

真琴的點子可以解決所有問題。

在某種意義上來說，這個點子一定可以讓我們天文同好會成形——

「好！我明天就立刻跟大家報告這件事！」

再次往真琴家邁開腳步，我像在對自己說一般如此說道。

「時間不多了，今天就盡量做好準備——明天要一次定勝負！」

「……欸欸，真琴，妳跟我哥之前就認識了嗎？」

「沒有啊，今天第一次見面……」

我聽到瑞樹和真琴在竊竊私語。

「但你們感情怎麼這麼好……」

「怎麼會這樣……」

我已經跟妳相處過兩年了。

跟一年後升上高中的妳。

所以這次——我也會在一年後的天文同好會社團教室，等著跟妳一起打發時間喔。

*

「——就是這樣，我想在明天以前完成這件事！」

於是——隔天放學後。

二斗、五十嵐同學和六曜學長都聚集在社團教室。

我在白板上寫下真琴提供的點子——並向大家宣布。

「這樣就能對世人發表了！應該也能被認定是活動實績！」

看著激動的我——

看著我所展示的那個「絕妙點子」——

「喔……『影片』啊。」

二斗深感佩服地這麼說。

五十嵐同學和六曜學長也接著說：

「『一步步發現小行星』，上傳到影音平台……」

「這樣確實能在期限前趕出來。」

——「拍影片不就好了嗎？」

這就是昨天真琴提供的點子。

「把同好會的活動，或往後的目標拍成影片，隨時上傳到你們的頻道。」

確實是個好方法——我打從心底佩服。

這樣毫無疑問算是「對外」公開發表了吧。順利的話，說不定光靠我們幾個就能開始，

而且不用花太多時間。

一開始就要立刻製作大規模的影片當然不容易。

所以只能拍攝前導影片，介紹頻道主旨和成員，統整往後的活動計畫。

儘管如此——只要找到確實的目標。

只要讓人清楚知道這個頻道最後會如何發展，並展現出會持續發表的決心，就有很大的機會被校方接受。

而且這個天文同好會還有二斗在。

早就有自己的專屬頻道，會上傳影片，還獲得超高點閱數的二斗。

二斗曾經說過，她的影片從拍攝到剪輯都是由她親自操刀，具備足夠的製片技術。萬一遇到困難……大不了就是請minase小姐提供建議。見面那天她也給了名片，還說「有問題就打給我」、「小事也可以，不要客氣」。

——所以……

真琴提供的建議，根本是超適合我們的絕佳妙案。

「……對了。」

二斗看向白板。

「我覺得『發現小行星』是個很棒的目標，我自己也很想找找看……但高中生真的做得到嗎？應該說，你為什麼把這個設為目標？」

「……啊、噢，這個嘛……」

也對，這也需要說明。

我思考了一整晚，最後選擇了這個目標——

「……我本來就想幫星星取名字。」

我回憶起童年並說道。

「小時候有人告訴我，在空中閃閃發光的星星都有名字，而命名權歸發現者所有……當時我覺得幫天上的光點取名是很厲害的事。就算我不在了，後人也會用我取的名字稱呼那顆星星。當時我年紀很小，卻覺得很感動……」

我記得是家族旅行回程的路上。

那時我們從車站走回家，爸爸跟我一起看著星空，告訴我這件事。

你現在看見的所有光點，或是現在看不見但被證實的確存在的所有星星，都有各自的故事，長時間聯繫著人類的歷史——

雖然人們都說東京看不見星星，其實不然。

荻窪的夜空星光點點，就像砂糖罐打翻了一樣，年幼的我用小小的身體接住了從幾億光年外傳遞而來的光芒。

當時我背脊發麻，雙腳顫抖，感覺下一秒就要落淚。

這是我人生第一次有如此震撼的感受。

「之後我馬上就愛上星星了。我查了很多資料，發現高中生發現小行星的案例時有所聞。天文社的高中生就有發現過未知的小行星。」

「哇，真的假的？」

六曜學長興致勃勃地探出身子。

「那很浪漫耶。」

「對吧？發現後當然沒辦法馬上取名，最少必須持續觀測四年以上才行。」

我對六曜學長露出苦笑，並繼續補充說明。

「必須正確掌握行星的軌道，所以沒辦法在在學期間取名。但只要完成這些條件，發現者就能幫那個行星取名。所以，如果你們不介意……我想把這個當作頻道的最終目標。而且如果真的發現未知行星……我想跟你們一起幫行星取名字。」

……其實有一半算是痴人說夢。

日本高中生發現小行星，算是十年只會發生幾次的大事件，還會被新聞報導。以現實層面來說，這種規模的同好會要完成這項壯舉，可能有點難度。

……但我現在還是想設立這個目標。

與其像第一輪一樣覺得做不到就不採取任何行動，我更想相信總有一天能實現願望，不停伸手嘗試。

因為——未來的二斗一定會在那個地方。

「……嗯，來試試看。」

二斗像是下定決心般，從書包拿出電腦這麼說。

「我想做影片，大家一起努力吧。我這裡有器材，不用擔心。」

「好～那就拚拚看吧～」

五十嵐同學也帶著燦爛笑容，接著說道。

「我也很喜歡看星星，做影片感覺也很好玩～」

「不錯啊，我也贊成。」

六曜學長也用力點頭這麼說。

「這種絕處逢生、扭轉劣勢的感覺反而讓人很亢奮呢。」

「……謝謝大家。」

當面聽到他們這些肯定，我點點頭。

然後——我深深低下頭再次說道：

「雖然得加緊趕工……請大家多多幫忙！」

＊

我先從影片的架構開始說明。

要決定大致的流程、想表達的資訊，還有剪輯的概念。

「──一開始我想這樣進標題，以社團教室的照片為背景，標題從中間跳出來──」

我把桌子放在社團教室正中央，依序對成員們說：

「接著大大地放出那個目標。我覺得稍微聊幾句之後，就快速整理出今後的活動計畫比較好，讓觀眾清楚知道之後還會繼續更新……」

所有人都聽得非常認真，讓我心裡很踏實。

以往我只會看影片，也很擔心這個計畫是否真的可行……

但只要能得到這些成員的意見，一定能做出不錯的成果。

「介紹完社團教室和器材之後，再做個最後的結尾。畢竟是第一支影片，不能太長，整體最好別超過五分鐘……如何？」

我抬起頭詢問大家的意見。

「這是我現階段的想法，各位有什麼意見嗎──」

＊

——決定好影片的架構後。

我們簡單討論一會，就確定了每位成員的分工。

影片剪輯：二斗千華

旁白：六曜春樹

攝影：五十嵐萌寧

腳本：坂本巡

網路宣傳：六曜春樹

製作助理：坂本巡

幸虧我們擅長的領域各不相同，一下子就分配好了。

我自己也覺得安排得很合理。

順帶一提，這只是基本的分工部署，後來我們決定實際執行時可以更彈性一點。只要手邊沒事做，就去幫忙得不可開交的成員。

「——好，試試看吧。」

「——可以用我的手機來拍嗎？」

「——總之我先出聲測試看看。」

所有人都各就各位。

這一幕讓我心裡非常踏實，我也用手機寫起腳本——

＊

「——好，帳號設好了，頻道也創好了！」

六曜學長從跟二斗借用的電腦前抬起頭來。

「這種感覺如何？我把社團教室的照片和以前學長姊拍攝的星空圖加以組合，做了頻道主頁的封面照片。」

「……喔～～不錯耶！」

正在拍攝社團教室內部的五十嵐同學看著螢幕，微微一笑。

「感覺滿有設計感的！」

「哇，真的耶！」

我也跟著看向螢幕。

我們在常見的影音平台創立了「天沼高中　天文同好會頻道」。

而且如學長所說，封面照片是熟悉的社團教室和星空圖……

「這個……好帥氣喔。」

不知怎地，總覺得很有型。沒有過多裝飾，只是單純拼貼素材，卻能隱約感受到製作者的設計品味。

而且我有種莫名的感慨……

在平常觀看的影音平台上居然有我們自己的頻道，真不可思議。

感覺好像脫胎換骨了……

「嗯，我也覺得很棒！」

在我之後，二斗也開心地點了頭。

接著她目不轉睛地看著封面圖片。

「你是怎麼拼貼出這張圖的？是修圖做出來的嗎？」

「是啊，這台電腦有裝修圖軟體吧。我試用了一下就成功了。」

「這樣啊，原來如此。」

居然說「試用一下就成功了」，那不是二斗在用的專業修圖軟體嗎？
那不是隨隨便便就會用的軟體吧？還有二斗，妳也別接受得這麼快啦……

＊

「呼……」
腳本寫到一個段落後，我輕輕嘆了口氣。
我看向窗外——已經是日暮時分了。
我以製作助理的身分對比作業進度和現在的時間後……嗯，有點勉強。
時間有些緊迫，不知能不能在規定的離校時間前收集到所有素材。
但只要完成這些工作，今天的進度就完成了。
「……好，再拚一下！」
我可不能太過悠哉。
還剩下好幾個橋段要寫。
於是我點開手機的記事本，繼續補足自我介紹和社團教室介紹的旁白稿。

*

「——就這樣，今天的素材全部收集完了！」

學校裡響起了鐘聲。

是通知學生必須離校的鐘聲。

「真的趕到最後一刻了……嗯，應該集齊所有需要的素材了。」

我一一確認清單，篤定地點點頭。

沒錯，影片所需的素材應該都齊全了。

再來只剩剪輯上傳。

上述工作完成後，我們就能得到活動實績，拯救天文同好會免於廢社的命運——

「……再來就要請二斗加把勁了。」

……沒錯，只有這一點讓我有些不安。

「妳可能要剪片剪到半夜……對不起，拜託妳了。」

到目前為止，我們做的只是蒐集素材。

無論如何，後續的剪輯工作都得帶回家處理。

而且——只有二斗有器材跟剪輯技術。所以雖然很不好意思，但影片上傳前的所有工作都得麻煩二斗。

之後預計一大早在學校集合，大家一起確認影片後再實際公開。

「嗯，包在我身上。」

二斗點點頭，看起來未免有些疲倦。

「我一定會在明天早上之前剪完！」

「好，謝謝妳。」

我也點點頭，再次看著大家說：

「那今天先解散吧。」

五十嵐同學和六曜學長也點頭同意。

「接下來就是真正的最後衝刺了，麻煩大家撐到最後一刻！」

＊

當晚我躺在床上，用手機看著「我們的頻道」。

還沒上傳影片也沒有人訂閱，空蕩蕩的，只做出了雛形的頻道。

可是——我好像看得見。

看得見頻道慢慢更新影片。

看得見我們的日常生活一一成型，排列在這裡。

……二斗現在一定在家裡瘋狂剪片吧。讓她工作到這麼晚，真的很不好意思。我明明是想拯救她，卻反而被她拯救……

等一切結束，確定能保住天文同好會了，就自掏腰包帶她去吃點東西，當成謝禮吧。我知道那傢伙喜歡吃什麼，不管是乳酪蛋糕還是蒙布朗，我都想讓她吃個痛快。

「……呼。」

我翻了個身，再次看向手機螢幕。

……三年後，這個頻道會變得怎麼樣呢？

在改寫後的未來，這個頻道會收錄哪些畫面？

試著想像未來會發生的一切，我就有種類似開心、坐立不安跟莫名……懷念的感覺。

——就在此時。

手機畫面自動切換成來電通知。

來電者是——「二斗千華」。

「……喔，怎麼啦～～？」

我隨意按下通話鍵，將手機放在耳邊。

或許是要商量剪片的事，或是影片已經剪完的報告。依照二斗的個性，很有可能比預定的時間還要早做完……

可是二斗在電話另一頭的聲音——

『……對不起。』

透過電波傳來的二斗聲音——前所未有的生硬。

「……怎、怎麼了？」

怎麼回事？我從來沒聽過二斗這樣的聲音。

到底發生什麼事……？

在我感到不解之際。

『電腦……』

她用依舊生硬的嗓音直截了當地跟我報告——

『……電腦壞了。』

第五話 chapter5

【Something about us】

「——二斗！」

我決定先跟她聊一聊，約好後便來到公園。

在她家附近的公園——

「……喂，妳沒事吧？」

二斗坐在長椅上微微低著頭。

——晚上十點多。

她身邊籠罩著深海般的幽暗。

這裡在白天時一定是個明亮又開闊的空間。

附近的小孩都會來這裡玩，充滿活潑笑語聲的歡樂場所。

可是……不，或許就是因為這樣，深夜裡的鞦韆、滑梯、沙地和遊樂器材都變得有點陌生，甚至讓我覺得看到了不該看的東西。

在這片景色當中的二斗——

穿著形似拖鞋的涼鞋和輕薄針織棉上衣。

以及一看就知道是家居服的柔軟褲子，默默地坐在那裡。

她的腿上……放著一台筆電。

那應該就是她剛剛用來剪片的筆電。

「……本來剪得很順利。」

二斗用極度嘶啞的嗓音。

用根本無法聯想到平時的她的陰沉嗓音這麼說。

「素材也按照計畫排好順序，再來只要微調跟上字幕就好，一點也不難……」

「嗯……」

我點頭回應後，二斗就抬起頭。

用求助的眼神看著我。

「我覺得可以在十二點以前做完，跟大家炫耀我做得比預期中還要快，所以……剪片的時候我很開心……腦袋裡想著會被大家稱讚，也希望能獲得多一些點閱率……」

「……這樣啊。」

聽著她傾訴，我用力點點頭。

二斗現在慌得手足無措，所以我想先好好聽她說。

接著，二斗輕輕掀開手上的筆電。

「……這台電腦非常舊了。」

她用比剛才更微弱的聲音繼續說：

「是爸爸用過的，應該是七八年前買的。但還是可以用，而且從來沒有出過問題，雖然是有點重啦。可是……螢幕卻忽然打不開了……」

說完，二斗垂下肩膀。

「應該是真的壞了……」

「……原來如此。」

我點頭，做了個大大的深呼吸。

「……真的很抱歉。」

二斗低著頭，用帶著哭腔的聲音這麼說。

「怎麼辦，這樣明天根本來不及上片……大家明明這麼努力……怎麼辦？」

那個聲音甚至讓我懷疑她已經哭出來了。

我的胸口也因此隱隱作痛。

二斗並沒有錯，錯的是我。

因為我把剪輯工作丟給她，才會發生這種事。

「二斗，妳別鑽牛角尖……」

我想把這份心情傳遞給她，於是拚命說道：

「要怪就怪我，妳別把自己逼成這樣……」

沒錯，二斗沒必要把責任攬在身上。

這一切都是因為我的失誤所引起，二斗根本不必將一切扛下來。

可是——

「……不對……」

她搖搖頭。

「……欸。」

接著抬起頭，喊了我一聲。

與此同時——她的眼眶……

帶著水亮光澤的淚珠從那雙如碩大寶石般美麗的眼睛滑落。

「……怎麼會變成這樣？」

二斗開始吐露心情。

「我還以為這次會很順利，可是怎麼會變成這樣……居然在這個時間點……」

——聽到她的口吻以及搖擺不定的嗓音，我有些驚訝。

「……妳是怎麼了？不用那麼自責吧……」

情況確實不太妙，此時也不能有一絲猶豫。

可是……二斗很不對勁。

我第一次看到她這麼慌張。

「我總是這樣……」

看到我驚訝地屏息，二斗自嘲地歪起嘴角。

「我真的不想……讓別人失望……但是我每一次都是這樣，辜負了大家的期待，卻又無力阻止……為什麼會這樣啊！」

每次都這樣？讓別人失望？辜負？

……我不懂。

我不懂她在想什麼，又是經歷過哪些事才會說出這種話。

我反而覺得二斗的表現都超出了我的期待啊……

然而——

「——二斗……」

感到疑惑的同時，我也明白了。

這是——她的真情流露。

無力包裝也無暇在乎，就這麼滿溢而出的真實心情。

基本上，二斗應該是能控制情緒的那種人。

在班上是模範生，在社團教室是懶散的女生，身為音樂家時有種陰鬱的氣質魅力。

這些面相一直以來都支撐著她，卻曾經……失敗過一次。

就是她以失蹤拋下一切的時候。

這樣的她——

「不管怎麼做都一樣……」

——說話時，雙唇都在顫抖。

「明明好不容易才碰見你，還像這樣成為朋友……」

既然如此——現在，我肯定能慢慢接觸到這次的主要問題。

現在二斗呈現在我眼前的是最初那三年的她。從我開始改寫過去後直至今日，從來沒見過的這一面——

如今——我終於親眼見識到了。

「別管我了……我是自作自受。可是我又把大家聚在一起……一定又會受傷，讓大家的心血付之一炬……所以我……我已經……」

我看著她。

看著痛苦難受的二斗——卻有種不可思議的感覺。

我的心就像無風的水面一樣平靜無波。

抬頭往上看，發現被高樓裁成不規則形狀的夜空中閃爍著點點星光。
光點朦朧柔和，就像亮粉撒在黑色圖畫紙上一樣。
飛機的航行燈一閃一閃的，從北到南劃過夜空。
——我對這一切一無所知。
——也對這一切感到陌生。
不論是二斗、她內心的想法，還是我們未來的關係。
然而，我現在能做的顯然只有一件事——
「——別擔心。」
——說完這句話，我也再次確認自己十分冷靜。
明明出現了致命性的問題，情況明顯陷入危機。
但不知為何……我既不慌張也不焦慮。
思緒——比之前清晰許多。
「一定有辦法解決，所以先冷靜下來，二斗。」
——彷彿心中有道開關被打開了。
這到底是什麼感覺？我怎麼會這麼冷靜……
思考了一會，我馬上就找到答案了。

二斗現在非常痛苦。

可能正在哭泣。

那我該怎麼做？我回來改寫高中這三年的目的是什麼？

——是為了拯救二斗。

既然如此，現在就是拯救她的時候。

我要盡我所能全力以赴。

用盡一切力量，面對眼前的狀況。

現在的我——應該做得到。

「我想先確認狀況。」

我盡量用溫柔的嗓音對看著我的二斗說：

「素材沒有損壞，之前的剪輯檔案也還在吧？」

「……嗯，我存在雲端了。」

她點點頭，臉上仍有幾分動搖。

「電腦壞掉前的檔案可能沒存下來……但還是可以用手機確認檔案……我剛剛也把檔案

存進ＵＳＢ帶過來了。」

「所以最大的問題只是沒有電腦能處理啊。可以用家人的電腦嗎？」

「這個嘛，雖然還有爸爸的電腦，但他放在公司，而且就算放在家裡……裡面可能也有機密情報，所以沒辦法用……」

原來如此，這話確實有道理。使用公司電腦的規矩是企業最重視的部分，不可能讓外部人士使用，就算是員工的女兒也不例外。

「那有外接螢幕嗎？既然只是筆電螢幕壞掉，說不定可以把影像導出來。」

「對不起，我家也沒有……」

「原來如此，連平板也沒有嗎？」

「對……」

「謝謝，我了解情況了。」

「真的很抱歉……」

二斗再次低下頭，用顫抖的嗓音道歉。

「怎麼辦……如果來不及，我要怎麼辦……」

「別擔心。」

說完，我做了個大大的深呼吸。

我十分清楚明白自己目前的狀況。

而且也知道——我接下來該做什麼，又該對二斗說什麼。

「——我來做吧。」

為了將這份心情確實傳達給她。

為了讓她好好聽清楚，我堅定地說：

「——我會把剩下的影片剪完。」

「……咦？」

二斗猛地抬起頭，用生硬的嗓音問道：

「巡，你要剪嗎？」

「對啊，我家客廳有一台筆電，可以把電腦帶回房間工作。只要妳把雲端上的檔案用手機傳給我，應該就能從中途繼續處理吧？」

「……但你沒有剪輯軟體吧？」

「回去再買啊，我記得有數位版吧？」

「有是有……可是……」

「所以我會拜託爸媽現在趕快幫我買，之後再一邊學一邊剪。」

「可、可是那個……不便宜耶……」

二斗的聲音滿是驚訝之情。

她應該沒想到我會提出這個方法。

「嗯，確實不便宜啦。」

我老實這麼說，並笑了笑。

「可是有學生優惠價，所以也不會貴到哪裡去。再說，以後我們也會定期做影片吧？總不能把所有剪輯工作丟給妳啊。所以無論如何，這件事遲早得做。」

沒錯，二斗接下來會越來越忙。

以音樂家的身分闖出一片天，自由時間也越來越少。

能請她幫忙剪片的時間應該不多。既然如此，我也該學會自己剪片。

現在如何判斷，未來就會如何發展。

「……會很辛苦喔。」

二斗再三囑咐般這麼說。

「用不熟悉的軟體工作，搞不好要熬到早上……」

「既然只是『辛苦一下』就能解決的程度，應該很輕鬆吧。」

我不禁笑道。

「這個世上有很多難以彌補的過錯，如果只要辛苦一點就能避免這些後果，反而算是幸運吧。」

「……這樣啊。」

二斗用仔細思索的口吻這麼說。

感覺她的臉上——透出了一絲光芒。

或許是因為天上的月亮從大樓之間探出頭來了。

「這樣啊，嗯……我知道了。謝謝你，就讓我依賴你吧……」

「好，交給我吧。」

——讓我依賴你。

這句話似乎在我心中燃起一團火焰。

光是聽到二斗這麼說，就覺得體內源源不絕地湧出力量。

要通宵趕工的辛苦不算什麼。

現在的我，說不定可以工作個三天三夜。

「……那、那個！」

這時，二斗從長椅上站起來。

吞吞吐吐地說：

「這樣的話……我有個建議……其實今天只有我一個人在家。爸媽在工作，姊姊跟社團的人去喝酒，可能早上才會回來……」

「……喔、喔。」

「所以……」

拋出這個前提後，二斗十分緊張地盯著我的臉。

接著——她這麼問：

「如果你爸媽允許……要不要來我家一起剪片？」

*

——剪了幾個小時後。

時間已經超過凌晨兩點了。

耳裡能聽見電腦運轉的嗡嗡聲、我點按滑鼠的聲音。還有預覽影片的聲音，跟二斗偶爾開口說話的聲音。

「——嗯～～我家很普通啦。」

二斗房間的電腦桌前。

我盯著螢幕，而二斗在我身後用嘶啞的嗓音說。

「有爸爸、媽媽、姊姊跟我，真的很平凡，不是什麼音樂世家。」

「這樣啊，我有點意外耶，還以為妳從家庭環境就很特殊了……」

「爸媽會經常不在家，是因為爸爸在船上工作，媽媽是在出版業……兩個都是普通的公司職員。」

在關了燈的房間內，只有眼前的螢幕發出刺眼光芒，彷彿通往異世界的大門。好像地球上只剩下我跟她，正在跟其他星球通訊一樣——

——我抱著可能會吵架的覺悟說服爸媽後，成功讓他們幫我買了剪輯軟體。

爸媽似乎萬萬沒想到我會忽然說這種話，不斷逼問我理由，也擔心我是不是上當受騙。但我仔細解釋過這是同好會活動所需，往後也會繼續使用，他們才理解。

只是——去二斗家這件事果然還是遭到強烈反對。我沒打算撒謊，全都老老實實地交代清楚……被罵得更慘了。

——你才十五歲耶。

——而且對方是女孩子吧？

——根本不合常理。

爸媽說得完全正確。

站在相同的立場，我也會用這些話說服孩子。

父母親怎麼可能同意一對高中男女單獨相處一整晚。

然而看到我堅決不肯退讓，爸媽也漸漸理解到「我應該真的有重要的事要處理」。最後他們跟二斗的父母通了電話，打過招呼後才特別准許。

我對願意諒解的爸媽真的十分愧疚。

之後我大概花了一小時下載軟體，安裝好之後前往二斗家。

「還是我來剪吧！」

「你都借我電腦了，這樣就夠了啦！」

我堅決不聽她的意見，開始自己剪片。

說到底……是因為我的失誤才引發這個後果。

應該一開始就自己來，不要依賴二斗才對。

要解決這件事……果然得靠我自己。

所以在二斗不情不願的指導下，雖然聽得懵懵懂懂，我還是學會如何使用軟體了。剪輯與畫面安排、上字幕的方法，這方面的基本功都不成問題，可以順利地進行作業。

品質方面當然遠不及二斗負責的部分，但照目前的進度來看，天亮前應該能全部剪完。

然後——時間來到現在。

我手邊繼續剪輯影片，有一搭沒一搭地跟二斗閒聊。

「萌寧真的很特別。」

「嗯，我想也是……」

「她應該會是我這輩子最要好的死黨，畢竟認識很久了嘛～」

「從幼稚園就認識了吧？我聽五十嵐同學說的。」

「喔，她連這種事都跟你說了啊……」

「……幹嘛這麼不高興啊？」

「我有點擔心……萌寧會被你搶走嘛。」

「怎麼連妳都這樣啊！」

「好懷念喔～我以前模仿過minase小姐的髮型呢～」

「真的假的，妳剪過短髮？什麼時候啊？」

「國中啊，畢竟是最崇拜她的時期。」

「但之後就留長了呢。」

「嗯，因為我太喜歡她，不管是音樂還是閱讀喜好，都快變得跟她一模一樣了，讓我有點害怕……」

「這樣啊，有點想看看妳短髮的樣子呢。」

話題從童年聊到家人，又從她跟五十嵐同學的關係聊到對ｍｉｎａｓｅ小姐的憧憬，不著邊際地變來變去。

二斗的聲音聽起來很睏，所以我覺得這些就是她的真心話……

啊，我懂了，我就是渴望這種能隨便閒聊的關係，或許從開始改寫這三年的高中生活之前就渴望至今。

然後話題——轉向音樂方面。

「決定靠音樂過活的那一天，我記得很清楚。」

二斗嘟噥著說，時間差不多快到凌晨四點了。

「喔，契機是什麼？」

「該說是契機嗎？其實微不足道啦。國中時有人跟我說放學後可以在音樂教室彈鋼琴，所以我每天都會自彈自唱好幾個小時才回家。」

二斗一點一點地說著，像是在聊很久以前的事。

「我當時好開心喔，覺得那是人生最開心的時候。其實我過去的生活不怎麼快樂～」

「咦……不會吧？五十嵐同學也說妳從以前就很優秀耶。」

我不禁懷疑自己是不是聽錯了。

五十嵐同學說二斗是宛如光之美少女的正義女孩，二斗卻說她的人生不快樂，這話誰會輕易相信。

可是……

「沒這回事……」

二斗用有些自嘲的語氣這麼說。

「雖然不到窮極無聊的程度，但我做任何事都不覺得特別有趣。我當時雖然還小，卻總是在想自己真的能這樣過一輩子嗎？」

「……這樣啊。」

我點了頭……同時發現一件事。

二斗或許從那個時候就在「偽裝」。

就像她現在在班上扮演「模範生」一樣，她從小就在假扮「正義女孩」，始終將另一面深藏在心底……

——我再次切身體會到。

現在我應該正在了解二斗千華這個人。

此刻我面對的不是天才音樂家，也不是讓我念念不忘的前女友，而是平凡人二斗。

「這樣的我只有彈鋼琴時會感到快樂，只有演奏音樂的時候才能體會到難以置信的幸福。然後……」

「嗯。」

「某天放學後，我走上前往音樂教室的樓梯時，忽然有個想法。」

腦海中——不禁浮現出那個畫面。

日暮時分的昏暗樓梯，從窗外灑落的微弱日光。

亮光漆的味道、牆上的張貼物、遠方傳來的運動社團吆喝聲。

在這樣的景色中……她眼中出現了希望。

「——只要有這個，我就能活下去。」

二斗這麼說。

「只要有音樂——我就能度過這段漫長的人生。」

二斗的聲音似乎在顫抖。

聽起來彷彿在吟詠當時的喜悅之情，讓我的胸口竄過一絲顫慄。

——如果是這種關係。

如果我們是可以在深夜聊起童年往事的關係……未來或許會改變。

我可以為此赴湯蹈火。

可以忍受所有辛勞和痛苦。

「……對了，我昨天跟minase小姐通過電話。」

二斗像是忽然想起這件事，立刻換了張表情。

「INTEGRATE MAG已經正式創立，我也決定加入了。」

「喔喔，這樣啊，恭喜妳。」

我明知道會有這種結果，聽到報告還是很開心。

「太好了，能跟崇拜的偶像一起活動是人生中最幸福的事了吧。」

「對呀～～我真的很高興。不過，嗯……」

「……怎麼了？」

二斗忽然有些猶豫，說話吞吞吐吐。

我第一次聽到她這種聲音，忍不住停下手邊工作。

「是不是還有不太理解的地方？比如契約內容。」

「噢，沒有，不是這樣……」

說完，二斗像在喃喃自語。

「欸……之後會變成怎樣？」

她看著窗外那片燈光早已熄滅的街景這麼說。

「我……還有我們，會變成怎樣呢？有辦法好好活下去嗎？」

——那個嗓音透露出二斗的不安。

——顫抖又嘶啞的嗓音後頭，藏著她赤裸又真實的感情。

二斗從這個時候就開始忐忑不安了。

自己能繼續堅持音樂這條路嗎？有辦法好好活下去嗎？

最後，她在第一輪的高中生活中失敗了。

她在某處遭遇挫折，走向失蹤的末路。

既然如此——

「沒問題。」

我對身旁的她笑了笑。

「二斗沒問題啦。」

「是嗎？」

「沒錯，遇到困難時我會幫妳，所以不必擔心。」

——好像有點衝過頭了。

說出這種話，我的心意可能昭然若揭。

但我還是想告訴她，想讓她清楚明白我的真心。

「……謝謝。」

二斗微微一笑。

「那我們約好嘍，你要一直陪在我身邊。」

「嗯。」

「不能丟下我喔，在我痛苦難過的時候，要來幫我喔。」

「那還用說……好了。」

我按按滑鼠，伸了個大懶腰。

抬頭看向時鐘——就快凌晨五點，差不多是日出時間了。

從電腦桌旁邊的窗戶往外看，蒼藍色的清晨曙光逐漸灑滿街道。

二斗家在公寓五樓，從這裡可以看到學校和車站前，將我們居住的荻窪街景一覽無遺。

——今天拉開了序幕。

關係拉近了短短一步的我們，迎來黎明——

我深吸一口早晨的空氣，點了好幾下滑鼠。

然後……

「完成了，二斗！影片……做好了！」

「喔喔……！」

「保險起見，麻煩妳幫我確認一下。」

「嗯，了解！」

我跟二斗換位置，她開始確認影片。

剛剪好的影片在螢幕上再次播放。

拍出我們社團教室的活動內容介紹影片。

這一定就是——一切的起點。

以這個影片為起跑點，高中生活將正式被改寫。

體內湧現出疲勞和成就感的同時，我將螢幕上播放的影片深深烙印在腦海裡。

然後——將影片確認到最後一秒後。

「……ＯＫ，嗯，我覺得很完美！」

二斗轉頭看著我微微一笑。

「第一次就能做到這種程度，很厲害耶……」

「是嗎？太好了。總算趕上了！」

「真的很抱歉，給你添麻煩了……」

「不不不，就說沒關係了。」

很好……這樣今天的工作就完成了。

後來我回家補了眠，到社團教室後讓大家觀看影片。

只要把檔案上傳到網站，就完成活動實績，可以成功保住天文同好會了。

「……呼。」

這股安心感讓我忍不住趴到桌上。

見狀，二斗笑了幾聲。

「……謝謝你，巡。」

她的聲音聽起來好幸福。

接著，她輕輕吸了一口氣——

用那天回應告白的語氣——對我說：

「以後也請你……多多指教。」

Tomorrow,when spring comes.

明日，裸足前來。

#HADAKOI

尾聲 epilogue

【向行星許願】

「——噢，是那個吧！那是北極星！」

「哪裡哪裡？……啊～～是那個啊！哇，沒想到這麼普通！」

「畢竟是二等星嘛。」

「我還以為會更亮一點耶！」

——一週後的晚上，在學校頂樓。

六曜學長和五十嵐同學指著在北方天空發光的星星，不停討論。

六曜學長把手機的星空導覽ＡＰＰ拿給五十嵐同學看。

「喏，那是北斗七星，那是仙后座……」

「哇～～北斗七星的形狀真的很像勺子耶。仙后座……就是普通的閃電。」

「……這些國中的自然課都有教吧。」

帶我們過來的千代田老師在一旁苦笑。

「我記得這也在高中的入學考範圍內……」

「啊～～我是考完試就忘光光的那種人啦！」

「書不是這樣讀的吧……」

千代田老師這麼說，卻又笑著仰頭看向星空。

「算了，今天先放妳一馬……」

美麗又清朗的夜空。

濃豔的群青色蔓延至天空的每個角落，無數光點在表面閃閃發亮。

片片浮雲偶爾會遮住星光，東邊新宿那一帶因為光害而看不見星星，但以第一次天體觀測來說依然是非常不錯的條件。能這麼清楚看見星星的地方，在東京二十三區內應該沒有幾處。

而且——這種感覺真的很快樂。

能像這樣在過了規定離校時間的夜晚，和意氣相投的伙伴留在學校活動，讓我心情莫名雀躍。

順帶一提——我正在用手機鏡頭拍攝看著天空的五十嵐同學、六曜學長，以及用望遠鏡觀察月亮的二斗。

……其實現場一片漆黑，什麼也拍不到就是了。

因為要以觀星為優先，不能有任何照明，但這也能成為一個美好的回憶吧。

以影片素材而言，得想想其他方法才行……

如果有一台具備攝影功能的望遠鏡可以拍攝星星，可能還不錯。

＊

——我們製作的影片被千代田老師認定為活動實績了。

「嗯，這樣就ＯＫ了。」

為了讓千代田老師觀看影片，我們來到教職員辦公室。

千代田老師說出這句話的時候，不知為何莫名開心。

「我就受理這個影片，當作天文同好會的活動實績吧。」

——我們四人忍不住歡呼。

午休時間的教職員辦公室其實不能大聲喧嘩，其他老師也有些困擾地看著我們，但我們還是耐不住興奮。

「等等，小聲一點。還有這個影片……」

千代田老師苦笑著繼續說道：

「前半段跟後半段的品質差滿多的，這方面以後請多多努力……」

……前半段跟後半段？

意思是我跟二斗的剪輯成果有落差嗎！

呃，的確有差啦，但有必要特別提出來嗎！

「啊～～！果然沒錯！」

連五十嵐同學都開始幫腔，臉上還莫名帶著一抹壞笑。

「千華剪的那一段精美多了吧！」

「啊哈哈，這也沒辦法吧。」

連六曜學長都笑著承認品質的落差。

「以後要慢慢培養品味喔，巡。」

「……是啊。」

這畢竟是我這輩子第一次剪片，完全是直接上陣啊。

各位說得沒錯，以後我會繼續精進，嗯……

「……然後——」

千代田老師用有點試探性的口吻說：

「我有個提案。」

「嗯，什麼提案？」

「如果可以……能讓我擔任天文同好會的顧問嗎？」

「……咦？」

我一時沒理解這句話的意思。

二斗似乎也一樣，只見她一臉茫然地問：

「讓千代田老師……當顧問？」

「是呀。」

聽了我們的疑問，千代田老師點點頭。

「之前學年主任就要我在能力範圍內擔任社團的顧問。因為我沒什麼經驗，就猶豫了很久……但如果是你們，如果是天文同好會的活動，我真的很想出一份心力。」

老師繼續說道：

「而且，你們以後要在晚上進行天體觀測吧？那就必須有人帶領才行，這樣對大家應該也有好處。」

……原來如此，確實有道理。

學生如果要在晚上聚集、進行同好會的活動，就需要有顧問老師在……

「總而言之，因為我的孩子還小，沒辦法總是陪在你們身邊。但如果可以，能不能讓我擔任顧問？」

——我們當然熱烈歡迎。

於是，千代田老師就以顧問身分加入了天文同好會。

＊

在那之後，未來的二斗也發生了變化。

「呃……她這次還是失蹤了。」

確定保住同好會後，我久違地回到三年後的學校確認狀況。

真琴十分難以啟齒，而且莫名歉疚地這麼說。

「她還是在畢業典禮前的一個星期失聯了，這點沒有變。」

「……這樣啊。」

……嗯，我早已做好心理準備了。

我這次只完成了保住天文同好會這個目標而已。

反而接下來才要正式面對真正攸關二斗的問題。

所以我不認為這一切可以輕易解決。

可是……

「不過……信件內容好像變得不太一樣。」

真琴繼續說道：

「咦，內容嗎？變成怎樣？」

「之前的內容不是一看就很像遺書嗎？媒體也是這麼報導的……但這一次——」

真琴抬起頭看著我。

下一秒，她臉上浮現出有些笨拙的笑容。

「信上寫著『不要來找我，我要在遠方找個地方生活』。」

「……這樣啊。」

我點點頭，在附近的椅子上坐下。

「在遠方生活啊，原來如此……」

——心中湧現出一股暖流。

第一次體會到牢牢掌握住的實感。

未來因為我的改寫發生改變了，至少二斗還活著。

我對這件事——感到萬分慶幸，雙手甚至開始顫抖，眼淚都快奪眶而出了。

＊

然後——時間來到現在。

在星空下的學校頂樓。

「……欸，巡。」

看著望遠鏡的二斗忽然喊了我一聲。

「各方面……都很謝謝你。」

「……別這麼說，我才要謝謝妳。」

我笑著回答她。

「多虧妳的指導，影片才能如期完成。如果沒有那支影片，同好會可能真的會完蛋。」

「咦～～你太誇張了啦。而且……我還有別的話要說。」

二斗抬起頭看著我。

「你答應過我吧？」

——我的心跳微微加速。

「你說過會一直陪在我身邊吧？」

「嗯，是啊……」

我有些害羞地搔搔頭。

我的確說過，那也是我的真心話……但再次從她口中聽見，實在讓我羞得無地自容。我當時應該是因為深夜情緒亢奮，才會說出那麼大膽的話……

「你也是因為這樣……才會這麼努力吧？」

二斗繼續說道。

她忽然整個人往我貼近。

「是為了留在我身邊保護我，才想要保住同好會吧？」

「……」

我頓時啞口無言。

……她為什麼會知道？

二斗之前也問過我這件事，但她完全說中了。

我會努力至此，就是為了拯救二斗，想改寫她失蹤的未來。

我決定要陪在她身邊。

不管為此要付出多少辛勞或努力，我都在所不惜。

可是……這件事我應該有刻意隱瞞。

而且我只是因為想這麼做才會付出行動，不是為了賣人情給二斗。更重要的是，如果沒有改寫未來這個前提，她應該連我為什麼要幫她都不曉得。

所以我本來想把這件事瞞到最後一刻……

「呵呵呵，你臉上寫著『為什麼會發現？』這幾個字呢。」

二斗盯著我的臉。

不知為何很開心地將手摀在嘴邊，笑了起來。

「我一直都知道喔……」

「……這樣啊。」

——二斗可能真的有這種才能。

憑音樂實力名震全世界的二斗。

具備優秀過人的感性，堪稱稀世天才的她。

對這樣的二斗來說，或許輕輕鬆鬆就能看穿我的想法。

所以被二斗發現真實的想法雖然讓我意外，卻也合情合理。

只是——

「——我喜歡你。」

她往我靠近一步，接著說出這句話。

「巡，我喜歡你——」

我完全沒料到她會這麼直截了當地說出這種話。

心跳加速。

頓時渾身發燙。

腦海中的詞彙都被吹跑了。

「巡，你呢？你對我有什麼想法？」

二斗看著我這麼說。

——反過來了。

在尚未改寫的高中生活中。

是我向二斗告白，此刻的狀況卻完全相反。

她臉上沒有半分緊張或忐忑，只是直盯著我——

——我覺得那裡就是全世界。

在二斗晶瑩透亮的眼眸深處閃爍的思緒。

她身上的制服、藏在衣物下的纖細身軀。

纖弱的指尖和雙唇——以及藏於其中的情感。

我想這肯定就是全世界，是某種我仍未知的深奧祕密。

「……我、我也喜歡妳！」

我如此答道，甚至一度看得入迷。

「我從入學典禮那天！就一直很喜歡妳！」

「啊哈哈，好開心喔。」

二斗露出靦腆的笑。

接著她用極其自然的語氣，像是在說「要不要一起吃午餐？」那樣問我：

「欸，我們交往吧。」

我的頭腦出現過熱反應。

喜悅和羞澀混雜在一起，讓我的思緒滿是破綻。

嘴脣的熱度頓時上升，手也不停發抖。

我當然——沒有理由拒絕。

「好、好啊……沒問題！」

我下定決心如此回答，聲音都藏不住顫抖。

「我們交往吧！」

「……太好了！」

說完，她就起身用肩膀輕輕撞上我。

鮮花般嬌豔的香氣輕輕搔弄著我的鼻腔。

「那我們……以後就以男女朋友的身分互相關照嘍，巡。」

「喔、喔……請多關照……」

我很清楚地知道自己的嘴角勾起了微笑。

糟糕……我好開心，太幸福了。

竟然跟第一輪的高中生活差這麼多，竟然有如此令人開心的未來在等著我，遠遠超乎我的預期……

抬頭一看，感覺閃爍的星點比剛才更多了。

看起來就像在祝福我們，讓我感到更加雀躍——

「……可、可是，妳真的要選我嗎？」

我身處夢境般這麼問道。

「應該還有其他更好的男孩子吧……妳真的要選我？」

「我就要你啊。」

「我這種人有資格聽到這種話嗎？」

「當然呀，我對你太了解了……」
二斗往後退一步，笑靨如花地看著我說：
「雖然個性散漫又不可靠，但你其實非常努力。」
「……哦？」
「雖然遲鈍又不夠機靈，但其實非常體貼，也會為朋友著想。」
「……妳太抬舉我了啦。」
被她當面如此盛讚，我不知該作何反應。
畢竟以前我根本沒什麼機會被人稱讚……
「這哪算抬舉啊。」
「那真是謝謝妳……」
「我還沒說完呢。」
二斗接著說：
「對所有人一視同仁，跟女孩子也能成為親密無間的朋友。」
這句話開始讓我覺得不太對勁。
跟女孩子也能成為親密無間的朋友。
我跟五十嵐同學的確是朋友，但現階段還算不上親密無間吧？

而我跟真琴算是深交，但那也是明年的事。

而且——

「此外，你也很為後輩著想。」

二斗這麼說。

「會對自己的失敗感到懊悔，如果有機會重來，你也會傾盡全力修正一切。」

「這是……什麼意思？」

看到我啞口無言，貌似被說中而僵在原地的反應，二斗歪著頭。

然後——她朝我走來，並將臉湊近我。

讓彼此的脣短暫相碰——

——這是我們第一次接吻。

「嘿嘿……」

二斗害羞地笑了。

她第一次在我面前露出這種表情。

「——你來自未來吧？」

二斗——對我這麼說。

「巡，你是為了拯救我——從未來回來的吧？」

後記

早安、午安、晚安，我是岬鷺宮。

其實我這個人不太會後悔。

我當然常常遭遇失敗，也曾想過「當時如果那樣做，結果可能會不一樣」，但我也切身感受到自己在過程中已經深思熟慮，並努力過了。

所以我儘管會感嘆也會失落（次數還很頻繁），但可能幾乎沒有後悔過……

……這麼說，好像我的日子過得很充實一樣。

彷彿人生中從來不曾後悔，每天都全力以赴地活著。

我也敢說自己對得起這種說法。

可是最近我開始覺得：「這樣是好的嗎？」

因為這樣不就代表我覺得自己沒有「選擇」嗎？

只能避免犯錯地度過每一天不是嗎？

犯錯和後悔也是人生中重要的一環吧？

也正是因為有這些缺陷，才會誕生出某些事物吧……？

所以這部作品應該充滿了我對自己「犯錯」和「後悔」的嚮往。

這個故事始於主角坂本經歷過錯誤連連的高中生活，畫下句點之時。

他確實非常懊悔又消沉，往後他在作品中獲得的每一天一定都會變得非常有價值吧。我想仔細描繪出這種感覺。

然而也不是每一天都充滿價值，偶爾大意或被惰性擺布的日子也有美好之處。他如果能認同這些缺陷，一定就能得到真正渴望的事物吧。這是我目前的想法。

畢竟在青春時期一定會犯錯。

……這就是《明日，裸足前來》第一集。

《読者と主人公と二人のこれから》。

《三角的距離無限趨近零》。

繼這兩部作品之後，這是我和Ｈｉｔｅｎ老師合作的第三部作品。

……感覺真不可思議。

《三角～》這部作品，從企畫誕生到現在已經持續五年了。

這段期間，我也推出了其他新作……但像這樣再次跟Ｈｉｔｅｎ老師合作新作品，有種既新鮮又懷念的感覺。

這五年來，我自己也有很大的轉變。

多虧《三角～》廣受好評，我變得更有自信，心情上也從容許多，相對地應該也失去了一些東西。因為當時的想法和現在完全不一樣，我重讀《三角～》這部作品時也曾對自己的定位感到驚訝。

另一個巨大轉變是我開始寫劇本了。戲劇真的很有趣，不僅讓我深深著迷，感覺也會對往後的創作造成極大的影響。

這個世界也改變了不少。

之前我完全沒想過會變成這樣。不論是整個世界還是日本，把討論範圍更縮小的話，出版業界也一樣。我自己當然覺得生存不易，但有些人應該承受著我根本無法相比的艱苦吧。

這個世界需要的故事存在的方式也不一樣了。

所以製作體系跟著產生巨大的變化。

從我出道以來，合作了將近十年的K責編被調到新環境，所以本作是我和新人S責編合力完成的。兩位身為編輯的性格和擅長領域截然不同，其中的落差也讓我覺得十分有趣。

所以——一切真的都不一樣了呢。

跟我寫出《三角的距離無限趨近零》這部作品時相比，所有狀況都不同以往了。

因此我不斷叮囑自己，把本作視為「２０２２年的自己」的作品。
雖然我不太會跟風創作，我還是想以現代作家自稱，寫出充滿現代風格的作品。
所以我這次的目標就是寫出在這個狀況下「最完美的作品」。
途中有挑戰也有迷惘，一定也有某些失誤，但希望這些在兜兜轉轉後都能成為作品的力量，就像坂本他們犯錯那樣。
希望對現在的你來說，《明日，裸足前來》會是必要之作。
那麼之後在續作中相會吧。下次見。

義妹生活 1~6 待續

Kadokawa Fantastic Novels

作者：三河ごーすと　插畫：Hiten

明明早已決定獨自活下去，
卻在不知不覺間想著要走在某人身旁。

悠太與沙季表面維持如以往的距離，關係卻有了明確變化。兩人在煩惱禮物、如何過紀念日、怎麼討對方歡心等問題的同時，也以自己的方式摸索幸福之路。而看見雙親與親戚的模樣，讓他們考慮起家人的聯繫、戀愛關係後續發展……乃至結婚生子……？

各 **NT$200~220/HK$67~73**

國家圖書館出版品預行編目資料

明日,裸足前來。/岬鷺宮作 ; 林孟潔譯. -- 初版. --
臺北市 : 臺灣角川股份有限公司, 2023.09-
冊 ; 公分

譯自 : あした、裸足でこい。
ISBN 978-626-352-908-3(第1冊 : 平裝)

861.57 112011249

Kadokawa
Fantastic
Novels

明日，裸足前來。 1

（原著名：あした、裸足でこい。）

2023年9月6日 初版第1刷發行
2023年11月21日 初版第2刷發行

作者：岬鷺宮
插畫：Hiten
譯者：林孟潔
發行人：台灣角川股份有限公司
總監：呂慧君
總編輯：蔡佩芬
主編：林秀儒
編輯：孫千棻
設計指導：陳晞叡
美術設計：吳佳昫
印務：李明修（主任）、張加恩（主任）、張凱棋

發行所：台灣角川股份有限公司
地址：104台北市中山區松江路223號3樓
電話：（02）2515-3000
傳真：（02）2515-0033
網址：www.kadokawa.com.tw
劃撥帳戶：台灣角川股份有限公司
劃撥帳號：19487412
法律顧問：有澤法律事務所
製版：尚騰印刷事業有限公司
ISBN：978-626-352-908-3